夏目漱石が大正五年八月二十四日、芥川龍之介と久米正雄に宛てた長い手紙に書いていています。「世の中は根気の前に頭を下げることを知っていますが、火花の前には一瞬の記憶しか与えてくれません。うんうん死ぬまで押すのです。それだけです。……何を押すかと聞くなら申します。人間を押すのです。文士を押すのではありません」。文壇や世間の評判を考えるのでなく、人間そのものを根気よくただ一筋に押し続けるのであって、パッと出た火花のような一瞬のものは後には残りませんと。

同じようなことを、兼好法師が『徒然草』で述べています。「されば、一生のうち、むねとあらまほしからむことの中に、いづれか勝るとよく思ひ比べて、第一の事を案じ定めて、その外は思ひ捨てて、一事を励むべし」（第一八八段）、これ一番と思うことを自分で決めて、やはりうんうん根気よく押していくということです。

もう一人、松尾芭蕉が『笈の小文』で、「ついに無能無芸にして只此一筋に繋がる」と書いている。ある時は武士になって人に勝とうと考えたり、ある時は坊主になって高僧になろうといろいろと考えてきたけれど、結局は俳句の道ただ一筋であった。

——ようするに、これは、と思う三人の先人が、一つのことに心を定め、それだけに集中して、他は思い捨てても構わない、それが人生の要諦ですと同じことを言っている。芭蕉の「無能無芸」は謙遜があるに違いなくて、あまりあてにはならないんだけど、結局は俳句という一筋の道につながってきて今日があるのだという。あれもやろう、これもやろう、あっちに目を配り、こっちにも目を配り、とやっていては何もかも中途半端になってものにならないと。

ただし、これ、という一つの道を思い定めるまでが難しい。自分がいちばん好きで、気性に合っていて、これならやってみたいと思うことを十年間、ほんとうにこれ一筋と打ち込んでやれば、その道の第一人者になれますよ。何でもいい。それが私の場合は「昭和史」だったんです。なぜそんなふうになったのかを、これからお話ししようと思います。

目次

画・半藤一利

半藤一利——橋をつくる人

遊びつくした子ども時代

向島に生まれて

昭和五年（一九三〇）五月二十一日、運送業を営む父・半藤末松と、産婆のチヱの長男として、隅田川の向こう側に生まれました。親父は自分の名前から字をとって「松男」にしようとしたって言うんだけど、「一利」と名づけられた、理由は知らねえ。東京市はまだ十五区しかないころで、私が生まれた今の墨田区あたりは、東京府下南葛飾郡吾嬬（あづま）町大字（おおあざ）大畑といって、見渡しても田んぼと畑と野っ原ばかり、やっと人が住み始めたような田舎でした。

　生まれた家は、今もあるけど、こんにゃく稲荷（三輪里稲荷神社）の境内――当時はただの大きな原っぱ――に面した平屋建ての一軒で、玄関を出れば真ん前に遊び場が広がっていました。こんにゃく稲荷の由来は、新年の初午の日に神社がこんにゃくを売りだし、それを食べると一年じゅう風邪を引かないと言われていたから。何べんも食ったけど、しょっちゅう風邪を引いてました。

　一軒建てであった俺んちはけっこう大きかった。親父の運送業の「迅速親切」と書かれた看板を出してある小さな玄関を入ればすぐに座敷。隣室には産婆をしていた母親の狭い診療室があった。車二台は別の所に置いてあったけど、この頃はまだ自動車が珍しい時代。どんどん家が建つし、引っ越しも多くてかなり儲かったんですよ。

　親父は新潟の小さな地主の四男で、あの頃は長男が家を継ぐから、次男やその下は、自分で身を立てるかお婿さんにいくしかない。親父は小学校と高等科二年を出たぐらいで、海軍に志願して水兵になって、三等兵曹ぐらいまでいったかな。五尺八寸の当時としては大男で、体力はあったんでしょう。

母親もわりと背の高いほうだったなあ。茨城の自作農の末っ子で、自立しなきゃいけないというので、こっちは当時の田舎としては珍しく女学校を出て御茶ノ水にある浜田病院の産婆学校を卒業したんです。かなりの名産婆だったから、とりあげた赤ん坊も数多く、今もこんにゃく稲荷の付近では覚えている人がいますよ。

昭和三年にお見合い結婚して、東京に新婚共稼ぎの住まいを構えたようです。昔からある区内は土地が高けえんだよ。新開地の向島はなんにもねえからよ、田舎から出てきた人が家を建てて住むのにちょうどよくて、田んぼや畑がどんどんつぶされていった。自分で商売ができねえようなやつは住めないから、豆腐屋、工務店、鋳掛屋、自転車屋、ごく小さな町工場、大工、酒屋、ミルクホール、左官屋、米屋……周りは地方出の自営業、わが小学校の同級生はそんなのばかり。月給取りのサラリーマンは一人もいなかったね。いわんや高級官僚においてをや。似たような夫婦が集まってきたから、おんなじくらいの歳の子どもがいっぱいいて、まあ行儀は悪いし、言葉づかいはものすごいし、柄が悪い。臭えから「クサ」とか、「バブ公」はこないだまで生きてたらしいけどねえ……、俺は「半ちゃん」「半公」って呼ばれてたかな。

人は死ぬ

長男の私のあと、下に二つ違いの弟俊郎（としろう）、その二つ下に妹享子（きょうこ）、また二つ下に弟智三郎（ともさぶろう）が生まれましたが、この三人は三つか四つのときにそれぞれ肺炎で死んじゃったんです。享子は可愛い盛りでねえ、初めての女の子だから親父とお袋がそりゃあ可愛がっていたのを覚えてますよ。なんで死ぬのかわからないまま、「死んじゃったぁ」「死んじゃったぁ」って外で喚（わめ）いてね。ああ人が死ぬというのはこういうことか、人は消えていなくなっちゃうんだ、ということを子ども心にも深く感じさせられました。

それで俺が十二、三歳ぐらいのときだったか、親父とお袋が大喧嘩をはたきましてね。産婆は夜中に呼ばれて駆けつけることが多かったものだから、親父が「他人の子を産ませるために、てめえの子どもを三人も殺しやがって」と怒鳴ると、お袋は「なに言ってんの、毎晩大酒飲んでひっくり返って寝てばかりで、子どもが裸で寝ていたら布団ぐらいかけたらどうなの」とまくしたてる。親父が寅年でお袋が辰年なもんだから「龍虎相搏（りゅうこあいう）つ」、いやもうすさまじい喧嘩でした。それをきっかけにお袋は産院を助手さんに譲って、パッと産婆をやめちゃったんです。

そのあと三人生まれて、それで生き残った。ですから私は四人きょうだいで、すぐ下の弟とは十歳も違う。歳が離れていたから、弟や妹の面倒はよくみました。上のほうで生き残ったのは私一人でしょう、のべつ扁桃腺を腫らして熱出して寝込んでたから丈夫だったとは思えない。てめえだけ生き残っているのは不思議に感じていました。罪悪感なんてないですよ、ただ非常に寂しい思いは何度もしました。

今の子どもは死ぬってことをほとんど知らないですよね、ぼくらの時代は身近でわりと人が死んでたんです。平均寿命が五十歳くらいだったのは、長生きの人もいたんだけれど、子どもがたくさん死んでるからなんですね。近所で「うちの妹死んじゃった」「うちの弟死んじゃった」と泣いてる子がいて、大いに慰めてやったこともあります。そんなんで「人が死ぬ」ということを、小さいときからいやでも見せられた。まさかその後、東京大空襲であんなにたくさんの死を目の前で見るなんて思いもよらなかったですけど。だからといって、無常観とか、寂寥感とか、そういう高級な感情というか人生観というかが、幼ごころに芽生えた、なんていうことはなかった。遊ぶのに忙しかったですから。ただ、人はかならず死ぬものだ、という人生の根本哲学みたいなものは根づいたようですね。

豊かだった戦前

昭和の初めを暗くて息苦しい時代だったと言う人がよくいます。海の外では昭和六年に満洲事変があり、翌七年には上海事変が起きて、極端な言い方をすれば日本は戦争にもう足を一歩踏み入れていました。政治の世界ではよくなくなり始めた時代だったのですが、隅田川のあっち側では中央のことなんか、あまり影響ないんですね。ぼくの記憶では昭和十二年ぐらいまでは、じつに穏やかないい時代だったと思います。

案外知られてないのは、ぼくが生まれる前の年にウォール街で株価が暴落して日本ものすごい不況だったのですが、満洲事変を起こし、上海事変を起こし、満洲国をつくり……なんてやっているあいだに日本の軍需産業はどんどん膨張してきたんです。下町では軍需工場らしいものはなかったし、家内工業で職工さんがつくっているのはどちらかというと子どもの玩具とか日用品なんだけど、日本はどんどん高度成長していて、昭和十二年の成長率が二四パーセント。バブル期でも一〇パーセントですから。

ふだんは何を食ってたかなあ、お袋は仕事が忙しくて、ろくに料理しない。出身が茨城だから納豆はずいぶん食わされたけど、お袋の味とか家庭の味なんて、そういえば知らねえなあ。隣が大阪の人で、駄菓子屋ともんじゃ焼きをやってたんです。そこでのべつ、もんじゃ焼きを食べてました。一家団欒なんてなかった。当時はちょっとした家にはたいてい女中さんがいたんで、うちも女中さんがいて何かしらつくってくれました。親父がときどき、お袋がいないのをいいことに「おい、一杯飲め」なんて勧めるんで、五歳から一緒に酒盛りしてました。「うめえや」「こりゃ将来、見込みあるな」って（笑）。まだ白いご飯が食べられて、表におでん屋が屋台を引いていたり、太鼓焼き屋が来たり、カルメ焼き屋が来たり。魚屋さんで女中さんが刺身を買ってきたのを食ってたかな。そういう意味では、下町には何でもあった。

とにかく家の真ん前が遊び場だから、遊びという遊びをすべてやりました。押しくらまんじゅう、国とり、花いちもんめ、チャンバラごっこ、紙風船、竹とんぼ、水雷艦長、けん玉、トンボ捕り、ほおずき鳴らし、お化け大会、馬とび、木登り、もちろんベーゴマとメンコ、ジェロニモごっこ……これ知らないでしょ、アパッチ族の酋長が活躍するアメリカ映画を真似して、鉢巻きを巻いてああーぁって叫びながら女の子のスカートを片っ端からめくる（笑）。喧嘩もよくやりました。まあ、ガキにはもってこいの所で生まれ育ったんですねえ。正直いうと、人生これほど楽しいときはないんじゃないかという毎日、今の子たちよりはるかに幸せだったんじゃないですか。

川のそばで

入学したのは第三吾嬬小学校でしたが、一年生が終わって新年度から新設の大畑小学校に通うようになりました。そこでは他の小学校から来た奴らと一緒になって、男組と女組のほかに、余ったのを合わせて男女組ができて、ぼくもそっちへ入っちゃったんです。そこにいた〝悪童〟四人と徒党を組んで、学校じゅうで有名になるぐらい悪さばかりしてました。

荒川ではよく泳ぎました。隅田川はちょっと遠いんです。運送屋が流行りだすと、大通り沿いの二階家に引っ越したんですが、近くに荒川放水路によしず張りをした永田流の水練場がありました。ちゃんと先生もいて、柔道の黒帯みたいに水泳帽の、いちばん泳げるのが黒帽、半黒帽、つぎが白帽に黒線三本、二本、一本。ダメなのが真っ白な帽子と、等級がわかるようになっている。いわゆる古式泳法です。抜手といって、扇子であおぎながらの立ち泳ぎや、顔を上げたままクロールみたいに泳いだり、ようするに救助や護身のための泳ぎ方です。人を助けるときは、溺れている人めがけて解いたふんどしを投げるんですよ。それに摑まらせて引っ張る、てめえらはすっぽんぽんになっちゃう（笑）、そういうのも習いました。草の土手を、板でつくった手製の橇でダーッとすべるのも気持ちよかったなあ。

勉強なんかしませんよ。でもなぜか成績はけっこうよかったね。甲乙丙丁で、しゃみせん（甲）がおしどり（乙）よりずっと多かった。四年生ごろまでは先生が厳しくて、さすがに授業はちゃんと出てました。得意な科目はなかったけど、ダメなのは唱歌。いつもヘイタイさん（丙）でした。修身の授業もあった。「教育勅語」ですよ、

「爾臣民父母ニ孝ニ兄弟ニ友ニ夫婦相和シ朋友相信シ……」、ぜんぶ暗記させられる。「夫婦相和シ」なんてわかんないから、中身なんて考えずに一所懸命覚えただけ。

下町には剣舞やお琴の道場とかはありましたが、塾なんか、あってもソロバン塾ぐらい。小学生はよく遊び、またよく遊び、よく家の手伝いをしたんです。ぼくも弟と妹をおぶってでんでこを鳴らして子守りをしたし、女中さんが洗濯するのを手伝って盥でイチニッサンと足踏みもよくやりました。将来の夢？ そんなのなかった。親の跡を継ぐ人が多かったから、俺も家業を継ぐのかなとは思ってましたけど。だってみんなそうだもの、同級生の豆腐屋のせがれは早朝からじつによく働いてましたよ、「とうふぃーとうふー」「おい、売れるか」「今日はだめだ」ってね。こいつは秀才でね。組で一番じゃなかったかな。

おかしな空気

どんどん家が増えていくから、のべつヨイトマケ（地固めなどをするときに皆で一斉に発する掛け声）の歌をやっていたわけ、「おとっつぁんのためならエーンヤコーラ」

とか、助平な歌も歌う。助平じゃないと元気が出ないじゃない（笑）。それが好きで、ぼーっと眺めていると、そのうち一人がサルマタ一つの裸で歩いていこうとして「あ、いけねえ」と手ぬぐいを肩にかけた。「おじさん、それだって裸じゃないか」と言うと「ばか、ちゃんと手ぬぐいがかかってるじゃないか」。ああ、そうか、そういうもんかと思ったからよ、一年生の夏、気温が三十四度あった日にゃ、暑くて暑くてたまんない。学校帰りにパンツも全部ランドセルん中に入れてすっ裸になって、手ぬぐい一本を肩にかけて学校から帰ってきたら、母親が怒った怒った。上半身裸で歩いている人はいても、全部脱いでる人はそうはいない。あのときは手足を縛られて押し入れに入れられて参ったね。恥ずかしいなんてちっとも思わなくて、「坊や、立派なものもってるね」って言われていい気になってね。母親にも「裸じゃない、手ぬぐいをちゃんと肩にかけてる」と堂々と抗弁したから、いっそう怒らせた。

その頃のお仕置きは、押し入れでした。外に締め出したら、遊びに行っちゃうから意味ない（笑）。閉じ込められて、ご飯もくれない。ところが母親も産婆で忙しいから見張ってるわけにいきません。男子は泣いて命乞いをするもんじゃないから歯を喰いしばって入ってましたけど、決まって女中さんがそっと出してお八つをくれた。

その年、昭和十二年に日中戦争が始まったんです。で、その頃から、なんとなしに世の中の空気が少しずつおかしくなってきました。翌年あたりから、周りの大人がどんどん軍国おじさんになった。在郷軍人が軍服を着てやってきては威張る。まだ非国民なんて言葉はなかったけれど、「お前たちに軍人精神を仕込んでやる」なんて、悪ガキたちが怒鳴られたりびしびしビンタされるようになったのはその頃からですねえ。とにかく何につけてもだんだんと厳しくなって、学校の帰りにランドセルをそのへんに置いてトンボ捕りに行ったりできなくなっちゃったんです。それに近所でも召集令状が来て兵隊に引っ張られる人が出てきました。こんにゃく稲荷に武運長久を祈りに集まると、遊んでる小学生も「おら、旗持って」と言われる。ぼくも旗を振ってバンザーイとやらされました。そういうときに在郷軍人が威張るわけ。そんなことが十四年、十五年とどんどん組織立ってやられるようになって、生活のなかに軍国主義が入り混じってきたんです。国のためになる、ならないが基準になって、皆が〝国民〟にされて、いや、なっていった。悪童もこのあと否応もなしに〝少国民〟になっていくんです。

悪童、「お坊ちゃま」になる

昭和十四年だったと思いますが、親父の運送業は〝戦争の役に立つ仕事〟ではなかったので、もういい歳だから徴兵にはなりませんでしたが、軍需工場への徴用の対象になったのかな、それがいやで親父は区会議員に立候補して当選しちゃったんです。政治とは何の縁もなかった親父だけど、素質があったのかねえ、俄然、議員として活躍し始めます。住民の頼みごとをやたらと引き受けては奔走してました。

お袋はとっくに産婆をやめてたんですが、忙しく動いていないとだめな性分なんですね、今でも覚えてますが、親父の選挙運動での働きぶりは、そりゃあ無我夢中ですごかったですよ。議員になってからも親父の尻を叩くわ、人の頼みを必死になって聞いて動き回るわ、まあじっとしていられない。常に旦那から一歩引いているとか、家庭の主婦なんかには収まりきれなかった人なんでしょう。二人で議員やっているようなところもあった。結局は仲が良かったんでしょうかねえ。そうするうちに、政治力があるとは思えねえ親父が偉くなって、いつの間にか向島区議会の副議長になっていました。運送業と、それと新たに石灰業もやってましたね。へんな親父で、飲むと「こんな戦争をやっていては、日本はもうおしまいだ」とか喚いてはお袋に「そんなことよそで言うんじゃないよ」とたしなめられる。でも気づけば町の有力者なもんだから「先生」と呼ばれて、俺も「お坊ちゃま」です（笑）。

五年生のとき、昭和十六年十二月八日に太平洋戦争がはじまりました。親父がこの朝、「バカな戦争をはじめやがった。お前の人生も長くはないな」と妙なことを言ったのを覚えています。もう周りの大人たちはぴりぴりしていて、学校でも勉強なんかろくすっぽ教えないで軍事教練が多くなった。担任の渡辺登先生がひどい軍国主義者で、俺たちに軍人勅諭なんてのまで暗記させる。戦争映画を見せられたり、「蔣介石が降参しないのはアメリカとイギリスが後ろにいるからだ。わが日本の八紘一宇（はっこういちう）を邪魔する米英をやっつけなくちゃいけない」なんて話をずいぶん聞かされました。

六年生になった昭和十七年四月十八日、近くの東成館で戦争映画『将軍と参謀と兵』を見ていたときです。映像が突然パッと途切れ、「ただいま空襲警報が出ました。アメリカの爆撃機が東京の上空に来ているので上映を中止します」とアナウンスが流れて、みな家へ急いで帰れと言われました。外に出て上を見れば、ぽかんぽかんと、高射砲が破裂した煙が浮いてたんでしょうね。雲がほわーっととけかかったような感じで、全然こわくなかったですよ、敵の飛行機なんかどこにもいないんだから。でも「ぼやぼやしてると、高射砲の破片が落ちてくるぞ」と怒鳴られたから、被害を受けた人もいたんじゃないでしょうか。最初の空襲体験でした。

少年講談と浪花節

小学校のときほんとうに熱心に読んだ「少年講談」(昭和六年〜、全四十五巻、大日本雄弁会講談社)が、歴史というものにふれた最初です。『猿飛佐助』『塚原卜伝(ぼくでん)』『岩見重太郎』『雷電(らいでん)為右衛門』『赤穂浪士』……少年向きにわかりやすく書いてあって、ほとんど全巻、読んだんじゃないかな。へえ、荒木又右衛門ってこんな人なのかと、歴史の面白さというよりは、歴史に出てくる人たちの話は面白いなあと思いました。真田十勇士や忠臣蔵の四十七士の名前、八犬伝の犬塚信乃とか犬山道節とか犬飼現八……何人か忘れたけど、あのころは全部言えました。本の調達はもっぱら貸本屋です。すっかり顔なじみになったから、おやじさんが「これ入ったよ」といつも用意してくれてました。マンガや「少年倶楽部」に載ってる山中峯太郎や佐々木邦の小説もよく読んでたけど……そういえば佐藤紅緑の『あゝ玉杯に花うけて』には夢中になって、感動のあまり小学生にして一高にはずいぶん憧れました。

趣味としては浪花節です。親父が好きでよくレコードをかけていたもんだから覚えちゃって、広沢虎造とか寿々木米若、三門博、玉川勝太郎とか、今も虎造の「森の石松」なんか全部うなれますよ。隅田川に行くたびに橋の上から川の流れを見ながら「唄入り観音経」をひとつ節、「遠くちらちら灯りがゆれる〜、あれは言問、こちらを見ればぁ〜」ってやる、気持ちいいからよ（笑）。「赤城の山も今夜をかぎり」の国定忠治とか、浪花節もまあ一種の歴史ものと言えるかな。学校の国史の授業なんてのは、天照大神や大国主命、弟橘媛がどうの、神話ばかりでぜんぜん興味は持てなかったけど、いまになって歴史探偵を自称したり、「歴史の語り部」なんて言われていい気になってるのは、根っこに少年講談と浪花節があるのかもしれない。

大空襲と雪中鍛練

運命の分岐点——中学進学

卒業が近づくと、母親が「どうしようもないいたずらだけど、頭は少しいいようだから、中学を出して教育をつけたほうがいい」と言い出した。親父は早く働かせたかったようで「奉公に出すぞ」なんて言って私を震え上がらせてました。下町では男の子も女の子もたいてい、小学校を出ると工場に働きに出たり、職人さん見習いになったから、中学に進学する男の子は二十五人のクラスでも四人か五人、女の子で女学校に行ったのは三、四人。そういう意味では、親はいたずら小僧のボンクラによく中学を受けさせてくれました。昭和十八年三月十日、近くの都立第七中学校を受験しました。といってもその頃の入試は、口頭試問と体育検定と身体検査ぐらい。あと小学校からの内申書。でも倍率が約三・五だったから、三人に二人は落ちたんじゃないの。じつをいうと、通信簿に行儀作法の「操行」という項目があって、俺はいつも乙、へたすると丙。それで親父が、渡辺登を家に呼んで酒を飲ませたのを覚えてますよ。頼み込んで「わかりました、わかりました、甲にします」と成績を上げてもらった、だから裏口入学なんです（笑）。親父が区会議員というのがかなり大きかった。一緒に受験した、俺より勉強ができたやつが落っこちたもんだから、「お前は親父が議員だから受かった」とさんざん言われましたが、じつはその通りなんでしょう（笑）。でも、もしここで落っこちて中学に行かなかったら、その後は全然違っていただろうね。

七中には入りましたが、小学校でろくに勉強を教えられなかったものだから、分数一つもできねえと言っていいぐらい、中学生になっても何にもできなかった。一学期の成績が三百人中、二百番台後半。これは大変と、母親が家庭教師をくっつけました。家の近所の小学校の先生です。この先生は教え方がうまかったのか、算数も理科もどんどん上達して、おかげで二学期は、五十人のクラスで七番ぐらいにまで跳ね上がって、これはかなりいい気持ちでした。なんだ、ちょっと勉強すれば成績は上がるんだと。とくに英語が面白かったのは、知らない世界だったからか。

でもこの時期となると、太平洋戦争も敗戦につぐ敗戦で、国内の空気が険悪化を増すいっぽうのときでしょう、勉強なんかより軍事教練みたいなものが重視されていました。いまも覚えているのは手旗信号とか・―・―（トツウトツウ）というモールス信号。それと毎週水曜日午後の葛飾区柴又（フーテンの寅さんで戦後有名になりました）からの全校生徒マラソン大会。一旦緩急あったときに備えての心身の鍛練を徹底的にやらされました。

学校が隅田川に近かったから俄然、荒川でなく隅田川と親しむ機会が増え、桜堤を幸田露伴作詞のきれいな校歌を歌って散歩したり、白鬚（しらひげ）橋、言問（こととい）橋、吾妻（あづま）橋を渡りながら川を見るのが好きになりました。橋をつくる技師になりたい、と思いはじめたのはそのときかな、と。そう、きっとそうに違いないのです。

二年生の初冬、ついに学業を全面的にとりやめて、勤労動員に駆り出されました。ニッペイ産業（大日本兵器産業）という、零式戦闘機に積む20ミリ機関砲の弾をつくる軍需工場に毎日通って、流れ作業で品質検査をさせられたんです。第七高女（現小松川高校）の二年上のお姉さんが作業を教えてくれて、ついでに上野さんというきれいな人と仲良くなったりして（笑）。けっこう俺もロマンチストだったのかなあ。

そして昭和二十年三月十日、東京大空襲です――あの日、俺自身も死ぬ思いをしたんですが、川に飛び込む力のない人の体がパアーと炭俵のように燃え上がるのを船から数多く眺めたし、焼け跡では山ほどの死体を見たし……跨いだような気もします。今なら死んだ人たちはさぞ無念だったろうと思うけれど、そのときは正直何も思わなかった――ほんとうに何度も空爆を受けているうちに何も感じなくなっていたんです。自分はなんと非人間的なやつになっていたかと今でこそ思うけれど、どんな善人であろうと非人間的になれるのが戦争の恐ろしさというものなんです。

あの空襲ではさまざまな経験をしました。火が出たとき、最初は火を突っ切って逃げようと思ったのですが、なんていうか、勇気っていうのが起きないんだね。真っ黒い煙がわーっと来て、火の赤い舌がペロペロと見える、そこを突っ切って行こうなんてとてもできない。映画『七人の侍』で加東大介が「戦というものは、走ってって走り抜け、止まったときが死ぬときだ」と言うのは、その通りだと思います。逃げて逃げて火の追って来ないところまで逃げ切れば、死ぬ思いなんかしなかったのですよ。

自分自身は猛火のなかで、どちらに行こうか迷って逃げた中川の方角がたまたまよかった——反対の隅田川方面に逃げた人はたいてい死にました——、着ていた綿入れの背に火がついたんで脱ぎ捨てて身軽になったのも幸いしました、辿り着いた中川で船に乗せてもらえたし、そこから川に落ちて暗闇の中でもがくうち、ゴム長靴が脱げてゆらゆら落ちていったので水面がどっちかわかった……いくつもの幸運が重なってどうやら生き延びました。一つ間違っていたら、今この世にいなかったでしょう。生と死は紙一重ってほんとうです。船から落っこちたのは、川の中でもがいている人に手を差しのべて助け上げようとしたのですが、掌を摑んでくれれば引っ張り寄せられるのに、なんでかねえ、溺れかけている人は無我夢中で上腕のところを摑むもんだから、軽いこっちは一緒に引きずられて落ちてしまったんです。すると、上から見ているよりはるかにたくさんの人が水中にいて、皆が助かろうとして摑み合いをしている。泳ごうにも、あちこち摑まれるから泳げたもんじゃない。もしカバンを提げたままだったり身軽になっていなかったら、振り払えなくて沈んだと思う。腕や脚を摑まれても、片っ端から振り払った。あのとき俺は人を殺したとは言わなくても……いや、まあ、殺したんでしょうね。自分だって危なかったですから。川で水を二度ガブッと飲んだのは覚えてますが、それ以上飲んでいたらやっぱりだめだったかもしれない。

猛火がおさまってからトボトボと焼け死体を数多く目にしながら、自分の家の焼け跡に戻りました。そこで満目蕭条(まんもくしょうじょう)たる風景を半ばボーとして眺めて、どうしてこんなことになっちゃったのかと思いました。このとき本気になって考えたのは、「絶対」という言葉は死ぬまで使わないぞということ。自分の頭で真剣にものを考えた最初でした。それまで「絶対に日本は敗けない」「絶対に焼夷弾は消せる」「絶対に神風が吹く」……周りにたくさんの「絶対」があった。「絶対に人を殺さない」ということも。しかし、それらはみんな嘘だと——たった一つのそれが自作の哲学でした。

疎開で転々

人はなぜ戦争をするのか——。そのときは考えませんでした。なぜなら、生まれてこのかた日本は戦争ばかりしていて、それも日本の外でのものばかり。戦争は当たり前でしたから。それを真剣に考えはじめたのは、戦後ずいぶんたってからです。

やっと死なないで済んだという思いはありましたけど、生きていることを有難いとも思わず、川に落ちたから寒くて寒くて、どうにかしてくれよと思いながら焼け跡で着ていたものを残り火で干していたら、親父が姿を見せました。親父は何べんも見に来ていたらしくて、いつまでたっても俺が戻ってこないので、「あいつは死んだに違いない」と思っていたみたいだね。感動の再会でもなんでもなくて、見つけるとお互いに「おや、生きてたのか」「親父さんも無事だったの」という感じ。それですぐに「俺、ちょっと忙しいから」とどこかへ行ってしまった。町会長でしたから、名誉職は今でも災害のあとは罹災証明書の発行とか忙しいでしょ。その後、荒川の土手のそばで焼けなかった家に泊めてもらい、三、四日間とどまって遺体処理などをしました。

それから母親と弟や妹たちがすでに疎開していた茨城県下妻に、親父と向かいました。そこでもう一度、死ぬ思いをした。米戦闘機の機銃掃射を受けたんです。あれは心底怖かった。朝早く叔父さんと二人で魚捕りに行ったんです。大量の魚を提げて小貝川の土手を歩いていたら、P51が二機、すぐそばの空を通っていった。「敵機だな。でも、俺たちなんか相手にしないよ」なんて言っていたら、くるっとこっちを向いて、いきなり目の前に向かってきたんです。飛行機の頭がちょっとでも楕円に見えたら弾はそれるけど、真ん丸に見えたらまっすぐに弾が命中する、そういうときは左右に転げ落ちろ――戦争中だから子どもでもそう教わってました。そうしたら真ん丸いのがすごい勢いでやってくるでしょう、驚いたのなんの、叔父は土手の下に転げ落ちましたが、俺はその場で腰を抜かしちゃったんです。P51はそんな俺の横二十センチくらいのところをバッバッバッバッバーンと。思わず「ヒャーッ」と叫びました。B29の空襲では高いところのせいかアメリカ人を悪い奴だとは思わなかったけど、あのときは戦闘機のパイロットの顔が見えた。子どもとわかってて平気で撃ってくるんだから、なんて残忍なやつだとアメリカ人がいっぺんに嫌いになったね。七中はかなりの軍国主義だったけれど、なぜか英語はふつうに教えていました。機銃掃射を受けてもその英語のほうはいやになることはなかったのが不思議なんですが。じつはそれが、このあと長岡中学に転校したときに俄然生きたんです。

例の如く、親父は「敵が上陸してきて本土決戦は間違いない、ならば九十九里浜からやってくる、茨城県が最初に戦場になるだろう、日本が敗けるとわかっていても、なにも最初に死ぬことはない」と言う。じゃあどうするのか、自分の故郷の越後へ行こうというわけです。母親はしぶしぶ賛成して、一家六人で向かうことにしました。

さて、切符がなかなか買えなくて、途中で群馬県の富岡在(ざい)に立ちよったりしましたが、とにかくやっと越後に辿り着いて、長岡中学に転入手続きに行くと、先生が「富岡中学？ 知らんなあ。二流の中学だろう。うちは無理だから小千谷(おぢや)中学へ行きたまえ」と言う。仕方がないから小千谷中学まで行って入れてもらいました。家に帰って事情を話すと、親父が怒ったのなんの。「お前は曲がりなりにも東京都立第七中学だ、よし、俺が掛け合ってやる」と翌日、例の区会議員的な剣幕で乗り込んで「花の東京のナンバースクールに通っていた息子が、しかも戦争でさんざんな目に遭ってやってきたんだぞ」と怒鳴ったもんだから、応対に当たった先生は恐縮しちゃって今度はあっさり入れてくれました。昭和二十年七月のこと。でも例によって勤労動員です。間もなく翌八月十五日、勤務先の工場で終戦を迎えました。

敗けたらアメリカ軍が来て占領される、そうしたら南の島かどこかで一生、奴隷生活をさせられる、なんてインチキ話を教えられていた俺たち仲間は、それなら今のうちに人生を楽しんでおこうと、防空壕に入ってタバコをふかしました。ちっともうまくなかったけど、「うめえ、うめえ」なんて。その晩、親父に「バカもん、南の島へなんて、どうやって何千何百万人を運んでいくってんだ」と怒鳴られて目が覚めました。とたんにリアリズムに覚醒した、というところでしょうか。

中学では夏休み明けの九月一日からすぐに授業が再開されました。やっと職工から中学生に戻れたのです。そこで初めて同級生諸君に対面しました。長岡中学では戦争中はどうやら英語をろくに教えなかったようで、どいつもこいつも英語ができない。

それに比べて俺のできること、できること（笑）。

雪がくれた体力と忍耐力

そうこうして十一月になると、母親が東京に戻ろうと言い出しました。親父は猛反対しましたが、一人で上京した母親が、年明けに「焼け跡に家を建ててきたから」と戻ってきました。どうせ掘っ立て小屋みたいなものでしょうけど。ぐちぐち言っていた親父も結局は一緒に行くことになり、お前はどうすると聞く。私は決然と「もうこれ以上転校はいやだ」、長中に卒業するまで残ると主張したんだね。明治維新のときの米百俵の話を聞いて、いい学校じゃないか、と感じていたこともあるんです。その前にいったん転入した下妻中学では「おい、疎開」と上級生にポカポカ殴られたこともあったけど、ここでは一切そういうことはなく、どろ臭くて妙な奴が多かったけど楽しかった。「ともかく長岡中学を卒業する、それから一高に入る」と宣言しました。母親も「そう、それくらいの元気出してね、じゃあお前だけは置いていくよ」なんてね。で、親父が終生暮らすつもりで建てた古志郡石津村岩野の家に、一人で住むことになったんです。戦争未亡人のおばさんの賄(まかな)いつきで。今は長岡市に入ってバスも通ってますが、当時は最寄りの信越線来迎寺(らいこうじ)駅から五キロも離れた田舎の田舎でしたよ。

そうやって一人になってみると、まあ、することがねえんだよ。村に友だちがいるわけでもない。しかも終戦の年は豪雪で、大雪の下に村はすっぽり埋まって外にも出られない。仕方がねえ、勉強するか、と猛勉強を始めたのがこのときです。『あゝ玉杯に花うけて』に憧れて本気で一高に入るつもりになって、英語と数学と物理と化学を、自己流ですが、まあよく勉強しましたねえ、寒いからって炬燵(こたつ)に入って居眠りもせずにね。物理などはかなり好きになりました。

想像もできないでしょうけれど、わが住むあたりの雪はすごくて、夜中だけで道という道はすべてなくなっちゃうんですよ。村の外に出るともう一面の雪野原。白一色で、はるか向こうのほうに隣村の杉の木立の緑がわずかに見える。中学生のぼくは学校へ行くためにいちばん早く家を出て、来迎寺駅までこの五キロの道を歩いていかなきゃならない。その道が毎朝なくなっている。かんじきを持って、六十センチぐらい幅の村道を歩き、村の外に出るとかんじきを履いて、雪の原っぱの向こうのほうにすっくと立つ桐の枝をめがけて、ひたすら真っすぐに歩く。すでに道をつくってあったところをあらためて踏みしめてまた道をつくるんです。枝に辿り着いて向こうを見ると、また桐の枝が立っている。また、そこを目指して真っすぐにひたすら歩く。目印として高い桐の枝が、雪で埋まらないようにしっかりと立ててあるんですね。それを繰り返してやっと駅に辿り着く。毎朝、そんなふうに道をつくりながら学校に通いました。五キロの道、とにかく毎朝ですよ。高村光太郎の詩にあるように、まさに「僕の前に道はない僕の後(あと)に道は出来る」です（笑）。向こうから同じように道づくりの人が来ると、幅六十センチぐらいの道を身を細めてすれ違う。顔なじみになって、「おはようございます」「これから学校かや、気いつけろや」とね。

学校が終われば、同じ道をまた帰る。越後の人間が冬にやることは「雪踏みと屋根の雪下ろしだがね」といいますが、その屋根の雪下ろしもやったし、雪のない季節は高下駄を履いて五キロの田舎道を往復して、高下駄の歯がぺしゃんこになって何べんも歯を取り替えました。それで体がメキメキと丈夫になったんです。扁桃腺を腫らしてちょいちょい寝込んでいた子どもだったのに、すっかり足腰が強くなった。背も高くなった。越後での中学三年から五年まで、三年間の雪踏みと雪下ろしがなかったら、今の自分はないんじゃないかな。一つのことを黙々とやる、単調な作業に耐える忍耐力もついた。それは後のボート漕ぎにもつながりました。

ただ、そのときに考えていたのは、一高に入ってみせるぞということだけです。中学では戦争中、周りがだんだん軍国少年になっていって、みんな少年航空兵や予科練を目指していましたが、「俺は一高へ進むから」。「非国民じゃないか」と非難されながらも頑固一徹でしたね。反戦論者の親父の影響もあったかな。

昭和二十二年の春、四年生のとき、いっぺん東京に出ました。旧制高等学校の受験資格は「中学四年修了程度の学力」なので、いよいよ一高を受けたんです。でもあっさり落っこっちゃった。考えれば長岡中学の秀才、いや秀才もどきごときが、自己流の頑張り方で一高になんか入れるはずなかったんだよ。あの試験の難しかったこと。見た瞬間、「ああ、今年はだめだ」。ショックというか、正直「また越後に帰るのか……」という落胆がありました。パッと一面真っ白の雪景色が浮かびました。

そのときの東京の街の美しさ、いまでも忘れられません。焼け野原はいたるところにひろがっていたし、バラックばかりでしたが、電灯が煌々と輝いていてね。それに東京の女性は、なぜかみんな長い髪になっていて、それを春風になびかせていた。ああ、これが〃戦後〃なんだと、田舎もんになった俺は実感しましたなあ。

とにかく、そのとき学問の程度がまったく違うということは骨身にしみてわかった。なれど、東京の女性に魅せられた俺は翌年もまた挑戦しようとますます強く決心していたところ、どうも六・三・三制が実施されるので高等学校がなくなるかもしれないという噂が流れたんです。すると一高を受けてまた落ちたら行くところがなくなる、それで一つ格を落として浦和高校を受けることにせざるを得なかった。でも長岡中学から浦和に入った人は過去にいないという。「一三静浦」といって、浦和高校は一高、三高、静岡と並んで、同じぐらい難しいとも言われていました。新潟高校なら通るかもと先生は言ったけど、これ以上は越後にいるのはごめん、東京近辺に帰りたくて強引に浦和を受けました。そしてなんとか合格し、久しぶりに心から嬉しい、これで東京へ帰れるんだ、もう一人じゃないんだ、とひそかに喜びに浸っていました。

ボートにかけた青春

志はいずこへ

隅田川にかかる橋でいちばん古いのは徳川家康が施工した千住大橋、つぎが永代橋と両国橋。そのあと江戸っ子が自分たちの手でかけたのが吾妻橋。江戸時代にはそれだけで、関東大震災のあとになって白鬚橋、言問橋、駒形橋、厩(うまや)橋、蔵前橋、新大橋、清洲橋。昭和十五年に勝鬨(かちどき)橋……ひとつずつ意匠が異なるんですね。小さいころから遠くに、近くに、斜めに、中学生のころは途中まで渡っていって川面をしばし眺めたり。いつ、どこから、どんなふうに見るか、橋ひとつで川の表情もさまざまに変わる。

日本人は橋というものになにか精神性をもってきたと思うんです。こっちからあっちへ移すもの、道の終わりから新しい道へ移すもの。三途の川で此岸(しがん)から彼岸へ渡るイメージもある。親父が言っていたのは、建築物と違って橋には誰がつくったと麗々しく書かれていないということ。それもそうだなあと。おのれの独創性を誇示したり、自己表現して満足するのでなく、人や車が通るのにこういうものがいいと考えて、一つずつかけられてきた。そこには日本人の優しさがあるような気がするんです。「橋をつくる人になりたい」、その思いは中学生のころから少しずつ膨らんでいきました。

橋をつくる技術はフランスがいちばん優れていたから、フランス語ができないと橋の技師にはなれない。高等学校には英語科とドイツ語科はともかく、フランス語科があるのは一高と浦和と、あといくつもなかった。一高がダメならと、浦和の理科三類(第二外国語がフランス語)に進んだのにはその理由もありました。

浦和高校に入って何がよかったかといえば、まずボカーンと頭を殴られたように、ほんとうに頭がいい人というのはこういうものかと思い知らされたこと。下町の悪ガキ育ちで基礎的な教養もないまんま、にわか勉強の田舎秀才なんて、頭の根っこが違う秀才が集まる高等学校ではとてもとても太刀打ちできないんです。それから読書が好きになったこと。浦和は当時、一年間は全寮制で、寮の部屋や図書室には先輩が残していった古今東西の本や雑誌が山ほど転がっていました。それらを手当たり次第にむさぼり読んだ――坂口安吾の『堕落論』や西田幾多郎『善の研究』、和辻哲郎『古寺巡礼』なんかを読んでショックを受けましたね。それと高等学校の語学教育は親切丁寧なんてことはなく、できない奴はどんどん置いてきぼりのすさまじさ。俺は英語ができるんだなんて高い鼻はたちまちポキリ、なんです。

寮の部屋は、弁論部とかラグビー部とか野球部とか部によって分かれていました。ヨット部に入ろうか迷ったのですが、「オリンピックに出られる」と勧誘されてボート部に決めました。昭和十九年のロンドン・オリンピックは戦争で中止になって、二十三年にあらためて開催されることになりましたが、戦犯国の日本は参加が認められなかった。IOCは冷たく日本とドイツを排除したんです。占領が続いていたし、敗戦日本はそりゃあみじめなもの。だからオリンピックに出場して世界に認められるというのは、当時の日本人にとって、ものすごく大きなことだったんだと思う。少なくとも私にはそうでありました。よし、オリンピックに行ってやろう、それでボート部に入って、せっせと隅田川に通うようになったんです。一から艇を漕ぐことを教わります。となると、どうしても授業を休まざるを得なくなる。高等学校の理科の授業というのは、一時間でも休むとどんどん先に進んでいてさっぱりわからなくなってしまう。一カ月足らずで、授業に出てもチンプンカンプン。こりゃダメだ、ということになって、学校におそるおそる願い出て、理三から文丙（文科丙類＝フランス語が第一、英語が第二外国語）に転部させてもらいました。

これはねえ、のちのち大事なことにもつながるのですが、ボートは個人競技ではなくて八人で漕ぐもの、自分だけの都合で休むというわけにいかないんです。一年生だからなおさら先輩に「授業に出ますから休ませてください」とは言えない。すると無理して浦和から向島の隅田川に行っちゃう。まだそこまでボートが好きなわけではなく、練習のきついことに悲鳴もあげて、なんでこんなことはじめちゃったんだろうと思いながら、そういう日々が続きました。というのも、入るとすぐに、背が大きいし体力もあるというんで「お花見レガッタ」の選手にしてくれたんです。このときにボートをやめて志のほうに打ち込むという気持ちは、やっぱり、あるようであまり強くなかったんですねえ。いわゆる「義理」というのを感じたんです。男気といってもいい。下町生まれの律儀さもある。昭和二十三年、まだ物がない時代に、先輩たちがマネージャーとして選手のためにお米を買ってきたり、寄付をもらいに行ったり、いろいろと工面してやってくれる、自分も腹を減らしながらですよ、悪いじゃないの、という気持ちもありました。まだ橋への未練は少しはあったのですが、技師を目指すには理科に行かないと無理でしょうから、実質的には諦めたことになるんでしょう。

人生の〝決意〟

おのれの人生の行き先を変える大決心をさせた「お花見レガッタ」は接戦の末に慶應に敗けてしまい、つぎは夏のインターハイです。そこでもまた選手に選んでくれたので、それまでの陸上での練習から、夏休みになる前には水の上の練習がはじまりました。八人のクルーを揃え、マネージャーも決め、隅田川で練習をスタートして二週間ほどたったころです。高等学校が廃止されて新制大学になり、俺たちは一年生限りで修了してしまうことが決まったんです。じゃあ来年、もういっぺん大学入試を受けるのか？　噂では、浦和高校と東京高校と一高が一緒になって東大教養学部ができるから、黙ってても移行できるという話も聞いたんです。ならインターハイに打ち込もうということになったとたん、やっぱり皆が公平にもう一度受験をすることが決まっちゃった。となると、猛勉強して浦和に入ったのに、また厳しい入学試験かよ、のんびりもできない、勉強しなきゃいけないじゃない。部では「時代は変わった、われわれは勉強に精を出さねばならない、インターハイは返上しよう」という声が上がって、なんとなしに空気がおかしくなってきました。それで卒業した先輩も呼んで大会議。といっても戦後できたクラブですから全員で二十五人程度ですが。

議論を交わすうち、「どんなに練習をしても夏休みを全部つぶすわけじゃない、これが高等学校最後のインターハイなんだから出るべきだ」という意見と、「今が大事なときだ、やはり勉強をするべきだ」という意見と、両方が譲らない。そのとき自分は——正直いうと迷ったんだねえ。高等学校というのはなかなかいいところで、それが一年限りでなくなっちゃうのかという思いもあるし、後れをとりたくもない……そうだ、夏休みならまとめて『ジャン・クリストフ』も、トルストイの『戦争と平和』も読破できる、いいチャンスじゃないか……とそんなことを思い始めたんです。食うものもろくにないときに、腹をすかしてフェニキアの奴隷みたいにボートなんか漕いでないで読書や勉強して教養を身につけたほうが、そして来年の試験の準備をはじめたほうが……周りはとんでもない秀才なんだから。

結局、投票で決めようということになって、迷いながらインターハイ辞退に一票を入れました。結果、五票ぐらいの差で辞退のほうが多かった。そのときです。矢部さんという一年上の先輩が立ち上がって部屋の窓を開け、寮じゅうに届かんばかりの声で、「浦和高等学校ボート部、本日ここに消滅せり、本日ここに消滅せり」と、滂沱と涙を流しながら叫んだのです。それを目の前で見せられてしまった。「あっ」と思いましたが、〝消滅〟に投票した自分は、見て見ぬふりをせざるを得ませんでした。

その夏休み、蓋を開ければ『ジャン・クリストフ』も『戦争と平和』もまったく読まなかった。ボートも漕がず、オリンピック出場の夢もどこかに消え、寮の一室でゴロゴロして、いわば、ただぼーっとしていた。そのとき心底から思いました。自分でやろうと思い立ったことを途中でやめ、できもしない夢を勝手に描いて追いかけるのは、他人の人生もぶっ壊すことになるんだと。大きなはかない幻を見て、それを素晴らしいことと思い定め、必死にやろうと決めたことを投げ出し、鈍才がいい子になろうとして、とんでもない大間違いを自ら選んでしまった。なんたる馬鹿だったか。もしかして、空襲でしがみつく人を振り払ったのも、同じことじゃなかったか——。この一件がなければ、のちにあれほど一途にボートをやらなかったと思います。それ以来、自分でよく考えて一度（ひとたび）やろうと決めたことはダメでもともと、できてもできなくても時の運、いいも悪いも関係なしに貫き通してみせる。どんなに辛かろうとも、それを自分に課そうと決めました。

ボートの練習というのは外からみると楽しそうに漕いでいるだけに見えますが、そんなに易しいもんじゃない、艇はそう軽々と進むものではない。何度も挫（くじ）けそうになったし、その後の人生でも苦しいことは山ほどありました。そんなとき、「浦和高等学校ボート部、本日ここに消滅せり」と叫んだ矢部さんの後ろ姿とあの声と号泣を思い出して乗り切ってきました。今は号泣というのはあまり見ないでしょう、あのときは何人かが肩をたたき合って、そんなふうに泣いていました。汚い畳を何度もたたいて悔しがっている先輩もいました。矢部さんは今はもう死んじゃいましたけどね。

ボート三昧が教えてくれたこと

東大に入学すると、もう一年のときから、ボートに打ち込みました。浦和高校でのわずかな経験を買われてすぐ選手になれたし、あのときの猛反省があるので、最初から「よーし、意地でも最後まで脱落せずにやり通してみせるぞ」と決めて、卒業するまで隅田川の上でひたすらボートを漕ぎました。猛練習に音をあげることもなく一筋に励みました。結局、オリンピックには行けませんでしたけどね(笑)。

当時は隅田公園のはずれに艇庫があって、昭和二十六年春からは、その隣のあばら家みたいな合宿所で三百六十五日を暮らしていたようなもんです。コックス(舵手(だしゅ))

も加えて対校選手九人とマネージャー二人の男たち、トーガンとかタコとかゴリとかQとか、へんなあだ名の連中と寝食を共にしたから、いいこともいやなことも、滑稽なことも悲しいことも、思い出を語ればもうきりがない。ちなみに二番手の私のあだ名は「ヘソ」。体の臍と同じで、大して役には立たないけれど、いないと格好がつかない妙な存在、よくいえば仲間の潤滑油ってとこかな。

六月には一橋大学との長距離（四マイル四分の一＝約六八四〇メートル）対校レースがありました。スタートが白鬚橋の上流の石浜神社下、ゴールは永代橋のたもと、隅田川の名所旧蹟を左右に眺めながら一気に漕ぎ抜ける爽快なコース。これで初勝利したときの雄姿は代々語り伝えたいくらいです。三年生のとき全日本選手権大会で、慶應大学に三十センチ差で二位に甘んじたときの悔しかったこと。これでオリンピック出場を逃したのです。それでも四年生になると、決勝レースで早稲田と一橋を寄せつけず、全日本優勝の栄誉に輝きました。

ボートの練習というのは忍耐と努力以外の何ものでもなくて、ただただ漕ぐという一つのことをえんえん繰り返すものです。練習、練習、練習、練習、それあるのみ。

そうすると八人の漕ぎ手(クルー)が心身ともに一つになって、突然といってもいいくらいに艇が驚くほど速く、滑るように走りだします。スポーツの醍醐味はそれで、ある瞬間、不可能だったことが可能になるんですよ。そうなると、重たかった艇がスゥーッと軽くなり、一本一本、漕ぐことが楽しくなり、どんな苦しみも乗り越えられる。ものごとの上達というのは何でもそうかもしれません。歴史を勉強するようになってからも、どうしても理解できなかったことが、しこしこ何冊もの史料を読みつづけ、常住坐(じょうじゅうざ)臥(が)頭の中で考えているうちに、パッとひらめくようにわかったりするんですから。

水の声を聞きながら

川のそばで育ったせいもあるんでしょうか、川が好きですね。水の流れが性に合うのかな、水は不思議な色、肌ざわり、そして響きをもっている。川というのはほんとうに詩的だと思います。とくに猛練習が終わって艇庫へ戻る日暮れどき、川面にたちこめる水蒸気、暗くなっていく空の薄明かりのなか、川べりの家々の屋根から淡い光をおびた月が出てくる。俺たちは水の上の貴公子かもしれない、なんて……思えば空襲で死にそうになったのも、また命びろいしたのも川の中でした。

ボートを漕いでいて、スカッ、スカッ、とオールを漕ぎ切って水から離すでしょう、これをフィニッシュといいますが、すると艇がピターッと水平を保ち、舳先(へさき)が小さく波を切りながらびくともせずにスゥーと水の上を滑っていく――そう簡単にはいきませんよ、下手なうちはバランスを失ってガタガタガタッガタッ、バシャバシャッとなる(笑)――この水の上を軽やかに滑る音、水の声とでもいっていいのかな、前のほうで漕いでいる連中には聞こえないかなと思うんだけど、ぼくは二番手ですから舳先に近いんです。競漕用ボートは流線形で幅がうんと狭いでしょう、尻のすぐ両脇から湧くような、ボートが水を切ってシュルシュルシュルシュルーッと進む水の声はそれはもうきれいで、透きとおっていて、いやーいいもんだなぁーって、えも言われないほどの気分になる。陸にいては味わえません。

いまわの際(きわ)に思い出すのは、自分がボートを漕いでいるその瞬間じゃないかと思うんです。俺からボートレースを抜いたら、人生はあり得ないんだよな。

苦肉の卒論と〝浅草大学〟

大学での勉強のことですか？　それは困る質問なんだねえ（笑）。学部は文学部国文学科。はじめ国史科に進もうと思ったのですが、あそこは戦前の皇国史観の牙城、いまもその残滓（ざんし）があるからとの忠告を受けて諦めました。で、四年生の九月初旬に大会が終わってからよき学生に戻って、せっせと授業を受けました。卒業論文のテーマ提出のときになって「万葉集にみる大化の改新と壬申の乱」という主題だと豪語したら、仲のいい同級生の何人もが「万葉集はやめろ」と言う。「なぜ？」「同級生に万葉集のお化けがいる。中西進だ。あいつは小学生のときから万葉集を全部暗記している。あいつと比べられたら卒業も危うくなるぞ」「へェー、それなら、何をやったらいい？」「そうだな、いまからやって間に合うのは……フム、岩波文庫でいちばん薄いやつ、堤中納言（つつみちゅうなごん）物語はどうだ」。「そうだ、あれなら間に合う、大丈夫だ」と周りからも言われ、「堤中納言……聞いたこともないな」。すると同級生の一人が言いました。「ボートレースのゴール前のスパートとおんなじだ、頑張ればきっと楽勝さ」――ということで卒論は「堤中納言物語の短篇小説性」。

でもね、それよりも〝浅草大学〟のほうにたいへんお世話になりました。ボートを漕いでいるとき、工学部や医学部の連中が大学の授業に出ると言い張るので、早朝練習をやって、俺もつられて本郷に向かうこともあったんです。ところが、途中に浅草があるじゃない。誘惑は何ともとどめ難し、でね、五回に二回は浅草で都電を降りて、六区のストリップ小屋に〝授業〟を鞍替え。なにしろ、時しも「国破れてハダカあり き」で、ストリップ全盛時代がいけなかったんです。高原由紀、ハニー・ロイ、栗田照子、吾妻みどり……、なんとも、なつかしいかぎりであります。

そんなこんなで、いとも恥ずかしきことながら、学問に関するかぎりは誇れるところはまったくない。だけど、大学は学問の基礎を身につけるところ、真の学問は社会人になってから、と負け惜しみではなく考えていましたから、動じていませんでした。学ぶことに早いも遅いもなし。ましてやここで終わりというところなんかないんです。「大器晩成」を信じていたわけではないのですが——。

「昭和史」と出会った編集者時代

御茶ノ水駅の決断

大学を卒業して、昭和二十八年春に文藝春秋に入社します。これまでは落第も浪人もなくすんなり、なんですが、入社までにちょっといろいろありました。

二十七年秋に企業の入社試験があったんですね。当時は協定もなく、各社が勝手にやってました。わがボート部のクルーは九月九日の全日本選手権に優勝したあと、いい気になって群馬県にある東大の谷川寮を借り切って三日間ぐらいどんちゃん騒ぎをしていた。そこへ先輩の岸道三（みちぞう）さん（のちに経済同友会代表幹事も務めた実業家）から名指しで電報が届いたんです。「いつまで遊んでるんだ、就職はどうするのか」と。

岸さんは、すでに財界のかなりの顔ききでした。なにせ「一高を六年やった」というので有名でね、一年を二回つづけて落第すると退学になっちゃうんだけど、三年間を毎年一回ずつ落第して合計六年間在籍したんです。旧制高校に六年間いれば友だちが山ほどできるわけ。それもたいへんな猛者（もさ）揃いで、のちに偉くなった人ばかり。

そうそう昭和二十八年三月というのは、旧制大学と新制大学の卒業生が一斉に社会に出たのを忘れちゃいけない。六・三・三制という余計な改正で、旧制高校が全部つぶされた。旧制だと中学は五年で大学は三年（医学部のぞく）ですから、俺たち新制の一期生は一年上の旧制最後の人と一緒に卒業することになった。つまりこの年に限って、各大学とも卒業生がいつもの倍の人数だったから大就職難になったんですよ。人材がわんさといたかわりに数が多い、それに朝鮮戦争が終わったもんだから、無茶苦茶な就職難で、ばかばか落っこっちゃった。それでも、工学部や法学部などのクルーは岸さんの伝手（つて）で日立製作所や八幡製鉄なんかに就職が決まっていました。早い話、俺だけが決まっていなかったんです。ボート部始まって以来の文学部出身の大チャン（優勝クルー）だったからねえ。でも仲間はだれ一人心配してくれなかったし、俺もまったく焦らず一緒になって飲んでいた。それが、電報を見てアッと我に返りました。

慌てて東京に戻ったのですが、正直いうと、橋の技師を諦めてから、将来のことはあまり考えていませんでした。ちらっちらっと思っていたのは、新聞記者です。戦争中、新聞がいかにでたらめを書いて、煽りに煽って、そのために国民がいかにだまされ、戦争へ前のめりに進んでいったかを実際に見てきましたから。ジャーナリズムなんて言葉も知りませんが、新聞というのは大事なんだと殊勝にも思っていたんでしょう。記者になって二度とそういうことが起きないようにしてやろうという気持ちはいくらかあった――っていうと優等生みたいだけど（笑）。

さて東京に戻ってみると、朝日も読売も毎日も、新聞社はほとんど願書提出が締め切られていました。でも落ち着いていたのは、「もし就職できなかったら、落第してあと一年漕いでやろう、もういっぺん日本一になってやろうじゃないか」と正直、そっちへの思いのほうが強かったんです。

結局、残っていたのは東京新聞だけ。他社にもなんとか願書だけ受け付けてもらえないだろうかと頼んでみましたが、さすがの岸さんでもちょっと難しい。あとは文藝春秋という雑誌社が公募をしている、と知った。それで二つに願書を出したら、試験日が同じ日なんですよ。まいったねぇ。どっちへ行ったらいいのやら。

当日、両方の願書を持って御茶ノ水の駅で降りて、さて、と大そう迷ったんです。試験会場を見ると、東京新聞は中央大学で場所をよく知らない。いっぽう文藝春秋は勝手知ったる東京大学。時間はぎりぎり、それじゃあ、と文藝春秋を受けた。三人しかとらないのに受験番号が六百八十何番ですから、全員受けたかどうか知りませんが七百人ぐらいいたんじゃないかな。試験はといえば、文学から社会から政治から外国からあらゆる知識を網羅しなきゃ答えられない五十題、ボートばかり漕いでいた男にそんな高等なものができるわけないじゃない。それでもお情けか、三十人のうち二十何番かで、なんとか第一次は通った。こうして、御茶ノ水の駅で運命は決まりました。中央大学の場所を知っていれば、東京新聞のほうを受けていたと思いますから。

次は面接というとき、岸さんが「高見順に頼んでやるよ」と言う。一高の六年間のうち、どこかで同級生だったらしい。じつは俺も以前、ボートが出てくる高見さんの小説が映画化されたときのロケで、本人に面識を得てはいたんです。でもあいにく、高見さんはノイローゼ気味で箱根仙石原で療養していました。そこで思い切って、住所も何も知らないから「箱根温泉仙郷楼内」だけの宛名で「なんとか押し込んでほしい」と電報を打っちゃった。そうしたら高見さんに代わって奥さんが池島（信平）さん（戦後の文藝春秋創立者七人衆の一人で当時は専務）に、こういう乱暴なやつが受けるのでよろしく、と伝えてくれたらしい。あとになって奥さんには「とにかく半藤クンは厚かましいなんてもんじゃない男なんだから」とさんざん言われました。

生涯の宝

第四次の最終面接のとき、ボートを漕いで何がよかったかと聞かれ、いい友だちを得たこと、と答えました。学部も進む道も違う、利害損得関係のまったくない連中が、自分の言ったことをきちんと理解してくれ、こちらも相手の言ったことをきちんと理解する、だからといってベタベタすることはない。そういう意味ではじつにいい仲間で、生涯の宝ですと。上下関係もなくて、仲がよかったですよ。

どうも孤独で何かをやるより、チームでやることが好きのようですね。長岡中学のとき、一度水泳部に入ったことがあって、平泳ぎの選手として一万メートルを泳いでいると、これほど孤独なものはない。雪の中を歩いて心臓は強くなったし体力もつきましたが、水泳やマラソンみたいなひとり刻苦勉励して強くなろうとする個人競技はダメでね。仲間と賑やかに、一所懸命になってやるほうがいいんです。

電報で受かったのを知ったとき、まだ秋だしボートへの気持ちが強かったせいか、それほど喜んだ記憶はありません。でもまあ、親父が大学一年のときに四十七歳で死んで、母親のこともありましたしね。親父が死んだときは、せっかく入ったばかりの大学をやめて家業を継ごうかとも思ったんですよ。でも母親が「やめる必要はない。仕事は私がやるから心配するな」と言ってくれた。強い人でしたねえ。

卒業するときに口頭試問がありました。久松潜一（ひさまつせんいち）、池田亀鑑（いけだきかん）、時枝誠記（ときえだもとき）、麻生磯次（あそういそじ）、吉田精一だったかな、当時の国文学の大家みたいなのがずらっと並んでいて、最後に久松先生が、「いま大変な就職難ですが、どこか決まってますか」と聞くので、「はあ、幸い決まりましたので、卒業させていただかないと困るんです……」「どちらにお決まりですか」「文藝春秋です」、これには教授が全員、ずいぶん驚かれたようです。他にも受けた人がいて、しかも俺より成績のはるかにいい奴がみな落っこちたらしい。「よくお入りになりましたね」「はあ、どういうわけかわかりませんが」「それじゃあ卒業したほうがいいですね」「もう、ぜひお願いいたします」というので、どうにか卒業させてくれました（笑）。いい加減といえばいい加減ですが、昭和二十七年にやっと占領が終わって日本は独立したばかり。食えない時代でもありましたしね。

ボンクラの必要性

入社して周りを見ると、どう考えても変なやつばかりいる。三、四年たって、社長の佐佐木茂索さんとエレベーターで二人きりになったとき、「高見さんにその後会ってるか」とか何とか声をかけられたので、いいチャンスと思って聞いてみたんです。

「この会社はいったいどういう基準で社員を入れているんですか」と。「知りたいか、ならついてこい」と言われてのこのこ四階の社長室にいくと、「採用の方針としては、一人は秀才、頭のいいやつを必ずとる、次に世の中の動きに強い興味をもっているジャーナリスティックな人、あとは必ず一人、もしかしたらいずれ花咲くかもしれないし、お荷物のままかもしれないような〝ボンクラ〟をとる」という。そんなふうにバランスよく人材を揃えておかないと、秀才ばかりじゃ将来ろくな会社にならない。五人採用するなら秀才二人、ジャーナリスト二人、でも必ず一人はボンクラをとるのだと。なるほど、と思いながら「私はどれでしょう」と聞いてみたら、「ボンクラに決まってるじゃないか」。傷つきませんでしたよ、言われてみればその通りでしたから。それより納得したのは、二年や三年上の人を見て、ああ、あいつもボンクラ、あれも仲間だ、とちゃんと見当がつくんですよ（笑）。ただこの連中は社内の空気を和ませる人が多かった。パーティーのときに一所懸命に働くとか。かたや秀才は、俺のみるところ必ずしも有能とは限りませんでしたねえ。

そもそも、出版社に入って将来何をやろう、何かになろうという気持ちは正直ありません、まして昭和史をやろうなんて考えたこともなかった。それ以前に編集者というのは何をやるのかと思ってました。かたや、会社はぐんぐん上り調子で、入社前には読んだこともない雑誌の部数は毎年十万部ずつ伸びていました。給料は八幡製鉄や日立に入社したクルー仲間なんかよりもちょっぴりよかったと記憶してますね。

指名された理由

ともかく右肩上がりの会社は忙しくて、人が足りない。それでまだ卒業前に、どうせ遊んでんだろうから三月一日から来い、という。ボートを漕いでいれば二月から向島で体づくりのマラソンがはじまりましたが、就職が決まったんで、じっさい遊んでいたには違いないんです。いよいよ「さらばボート部」というわけです。

坂口安吾さん（一九〇六―五五）に会ったのは、一週間めぐらいのことだったと思います。同期入社の三人のうち、「酒の強い奴はいるか」「ハイ、私は人一倍強いです」「それじゃお前に頼もう」と「別冊文藝春秋」の田川さんに命じられて、群馬県桐生市にあるお宅まで原稿をもらいに行ったんです。すると、できていないどころか「え？ ああ、そういえば頼まれていたな」という調子です。おったまげてよ、「一枚も書いてないから一晩どこかに泊まって、明日の朝来てくれ」と言われても、往復の運賃はあっても旅館に泊まる金がない。「まだ一週間めの試用期間なんです。手ぶらで帰ったら入社取り消しになるかもしれません」と泣きつくと、奥さんの三千代さんが「うちに泊まってらっしゃいよ」と助けてくれました。「あなた、お酒は飲めるんでしょう」「はい」「だったら大丈夫」と。その夜から奥さんの手料理で酒盛りでした。

翌日、安吾さんは昼頃まで寝ている。原稿なんて一枚もできてない。昼間は二階にいて、俺に渡す原稿を書いている……ものとばかり思っていました。そのあいだ、やることがないから奥さんとヘボ碁を打ったり、貸してくれた『安吾捕物帖』を読んだりして、原稿ができないからまた泊まりです。夜になれば酒盛りでしょう、「何かできるか」と聞かれて、披露したのが例の浪花節や講談です。ドン、ドドドンと一打ち三流れの山鹿流の陣太鼓、たったたったたぁ〜っと俵星玄蕃の一席なんかをやると、「お前、なかなかうまいな」って（笑）。結局、六晩泊まったのかな。

歴史はなぜ面白いか

安吾さんはちょうど地方紙に「信長」の連載を書き終わったころで戦国時代をずいぶん勉強していましたから、信長や今川義元、桶狭間の戦などの話をしてくれました。信長と家康の連合軍が武田勝頼の騎馬軍を破った長篠の戦の「鉄砲三段構え」は嘘だと言うので、「えぇーっ。そんなのもう決まってる話じゃないんですか」「歴史ってものは伝説をほんとうらしく書くものであって、伝説は嘘なんだよ」と言う。

決定的だったのは、大化の改新の史料の読み方。こっちも大学時代、いちおう卒論にするつもりで、合宿所の二階で寝ころびながら『日本書紀』を読んで少しは古代史を勉強していました。なのに安吾さんは「天皇なんてのは政治的な都合で表に出たり引っ込んだりするものであって、絶対的な存在ではなかった」「当時に天皇という称号があったかどうだか」と言うじゃない。今ではそれほど驚かない話でも、当時はついこないだまで現人神だったんですよ、それが古代ではまだそんないい加減な存在だったと言われて、目から鱗が落ちたというか、卒論で自分がやろうとしていたような歴史とはまったく次元が違う。そもそも古代史の史料は『古事記』と『日本書紀』と『万葉集』ぐらいしかないと思っていたのが間違いで、それらは天武天皇や持統天皇が自分たちが革命で天下を取ったことを正当化するために作られた文献と見れば、それのみを信じるのは歴史の見方をあやまることになる。「いいかね、そこで〝正史〟といわれる以外の文献がどこかにあるんじゃないかと想像をめぐらしてみることだ。『上宮聖徳法王帝説』(岩波文庫)のようなものも粗末にしないで少し丁寧に見ていると、『日本書紀』とは違うぞ、なにかおかしいな、と感じるところが出てくる」。そういうときは、「なんでもないんだ、両方を見比べて、ごくごく常識的に判断すればいい。つまり最初からこっちが正史と決めてかかることがいけないんだ」と。

大学を出たばかりの新人相手に安吾さんは、「こんなことも知らないのか」「教えてやるぞ」という態度が少しもない。対等に淡々と話してくれたためか、そういう見方をするとなるほど納得がいくなあと。ウム、歴史というのは面白いもんだ、知っていると早合点するのは間違いだ、と梶棒で打たれたような衝撃を受けたんです。でも、そこからすぐに昭和史ってわけじゃありませんよ。ただ今まで歴史といえば年号や人物名でしたが、そういうのはどうでもいい、時代の大きな流れをつかみとることが大事であり、そのためには、さまざまな文献を読み知識をめいっぱい詰め込んだうえで、何が正しい筋道か、いちばん自然な時代の流れとは——それを自分の頭で常識的に判断しなければいかん、ということを教わった。安吾さんは「これが俺の探偵術だ」と言った。そこで俺は、安吾さんに無断で「歴史探偵」を名乗ることにしたんです。

安吾さんとの出会いは、歴史の面白さを教えてくれたという点で非常に大きかった。ただし、まだ本調子ではなくて、昭和史に本格的に首を突っ込んでいくのは、やはり伊藤正徳さん（一八八九—一九六二）に会ってからということになります。

人に会い、話を聞く

四月一日から正式に入社して、九月になると出版部に配属されました。そのとき伊藤さんに会っているのですが、翌年三月には「文藝春秋」編集部に異動してしまいます。でも調べてみると、どうもその頃から太平洋戦争関係の取材をしている。つまり昭和史に興味をもちだしていたらしい。「文藝春秋」編集部の二年間、いろいろな昭和史関係の人に話を聞いてまとめた記事を、ご当人にきちんと見てもらい、その人の署名で載せているんです。「ものを書ける人は千人いるかいないかだ。すぐに尽きる。書けないけど面白い体験をした人、話をもっている人はごまんといる。その人たちの話を聞いてこい。無尽蔵に雑誌はできる」という「文藝春秋」の方針にのっとってやった仕事です。今回数えてみたら、今でいう「聞き書き」を本誌の編集部員時代に計八十八本も書いていて、なかに太平洋戦争や昭和史関連の記事がずいぶんありました。今みたいに録音機もなくてぜんぶメモをとって記事にしたから、二十代前半の二年間でずいぶん鍛えられたんじゃないか。

そういう仕事が面白いと思っていた記憶はないんだけど、人に会い、話を聞いたりすることはまったく嫌じゃなかった。「もはや戦後ではない」という、一九五六年度の「経済白書」の序文に書かれた有名な一節があるでしょう(戦後復興の終了を宣言した象徴的な言葉として流行語にもなった。執筆責任者は後藤誉之助)。あれは英文学者の中野好夫さんのところに行って、別にそう書いてくれと頼んだわけじゃないけれど、話をしているうちに「中野先生はこの頃の世の中をどうみていますか」「そうだなあ、もうそろそろ日本人は戦後から離れなきゃいけないいな」「敗戦から十年たちましたからね」「独立してからは三年少しだけれど、いつまでも占領されている意識はないほうがいいんじゃないか」なんて言うので、その話、面白いから書いてくれませんか、とお願いした。で、中野さんが書いてきた原稿が、「もはや『戦後』ではない」と題されて「文藝春秋」二月号に載ったんです。中野さんは経済ではなくて精神や気分について書いたのですが、それをその年の秋になって「経済白書」が使ったから有名になっちゃった。あの頃、編集者は電話とかで済ませないで直接会いに行って四方山話をしていたから、そんな言葉のキャッチボールをしているあいだに、「ああ、それいいですよ」とアイデアやコピーが出てくるということはよくありましたね。

昭和史にのめりこんだとき

昭和三十一年の春、また出版部に異動して伊藤正徳さんの担当になりました。伊藤さんは元時事新報の海軍記者で、ワシントン軍縮会議の五・五・三の比率をスクープした人です。『連合艦隊の最後』が文藝春秋から出て大ベストセラーになっていました。でもそのかんに時事新報がつぶれて産経新聞に吸収されてしまい、そこの論説主幹になっていたのかな、産経新聞で始めていた連載「大海軍を想う」をいずれ本にまとめさせてほしいというお願いで会いに行ったんです。ところが伊藤さんは産経では外様(とざま)だから、ついている下っ端がいねえんだよ。もう相当な歳だから取材から何から一人でやるわけにもいかない。そのとき俺は、戦艦大和を取材した話とか、これまでやってきた太平洋戦争関係の仕事の話をしたんです。「君はひまがあるかね」と聞かれて、まだ出版部に来たばかりで、とりあえずそう忙しくもありません。「じゃあ手伝ってくれるか」と言う。伊藤さんは、古くは加藤友三郎や、山本五十六にも会っていて、そんな人たちの話もしてくれました。非常に真面目でいい方でした。その人柄に惹かれたこともあって、「大海軍を想う」の手伝いをやらせてもらうことにしたんです。会社も出版部の仕事もちゃんとするということでOKしてくれた。そうして昭和史に本気になって首を突っ込んだのです——三十一年夏のことでした。

その後は、伊藤さんが書いた添え状や名刺を持って、まだ大勢が生きていた海軍の提督や参謀やらに次から次へと会いに行きました。話を聞き、メモを取材レポートにして伊藤さんに渡すと「ありがとう、使えるよ」とねぎらってくれるときもあれば、「これはダメだよ、この人は一つもほんとうのことを喋ってない」と言われることもあった。なぜならこのときはこの地位にこの人はいなかったはずで、いたような顔をして喋っているだけだ、と。そこで初めてわかったんです。取材するというのは、ただ話を聞いてくればいいんじゃない。ある程度、勉強していないと、嘘をつかれても信じてしまうことになると。

それからは、空母赤城の飛行総隊長として真珠湾攻撃を指揮した淵田美津雄さん、山本五十六の将棋の相手だった渡辺安次さん、真珠湾攻撃やミッドウェイで戦って生き残った零戦乗りの藤田怡与蔵(いよぞう)さん……今はもうほとんど死んじゃいましたけど、大将から少尉クラスまで、もちろん勉強をしてからですが、陸海軍人たち八百人以上と会いましたかね。そのときもらった名刺の束は私の宝です。

会社では丹羽文雄さんの書き下ろし小説だとか、尾崎士郎さんの『早稲田大学』とか、編集者としてずいぶん本を作りましたよ。だから土曜や日曜を伊藤さんの仕事にあてていたのかな、でもとりたてて苦労した覚えはありません。ボートのおかげで体力はあったたし、もう昭和史を読むことが趣味みたいになっていたところもありました。いっぽうで麻雀、花かるた、将棋、囲碁などにも励んでいて、なにしろ家に帰るのが遅かった。ちょうど昭和三十一年に結婚したのですが、まったく家庭を顧みなくて、四年ぐらいで逃げられちゃった。ある朝、起きたらいなくなってました。まあ仕方なかったんでしょうねえ、あれだけ仕事をして、毎晩酒を呑み、さんざん遊んでいましたから。昭和三十四年には「週刊文春」が創刊され、そっちへ移っていました。そしていっそう夜が遅くなった。申し訳ないことでした。

処女作は『人物太平洋戦争』

私が最初に出した本は、『人物太平洋戦争』（週刊文春編、一九六一年）です。伊藤さんを通して昭和史を勉強することを覚えて以来、俺ははまってしまっていて、陸海軍のことにやたら詳しいと思われたんでしょう、「週刊文春」で太平洋戦争に関する連載をやれと言われ、昭和三十五年一月から始めました。週刊誌連載ですから文字どおり東奔西走しましたね。当時は取材するときに、絞りだのシャッター速度だの写真部で十分に教わって馴れないカメラを持っていって、自分で撮った写真が週刊誌に載ったんです。最後の連合艦隊司令長官小沢治三郎、真珠湾攻撃に参加した機動部隊参謀長の草鹿龍之介、ガダルカナルでの勇将田中頼三（らいぞう）、ラバウルで指揮をとった陸軍大将今村均さんは謹慎部屋にいるところで（戦後、自主的にマヌス島刑務所で服役し、刑期を終えて帰国後は東京の自宅の一隅に謹慎小屋を建てて自らを幽閉した）、なかなか珍しい写真ですよ。インパール作戦の指揮官、宮崎繁三郎（しげさぶろう）中将もいます。

伊藤さんと、レイテ沖海戦の指揮官栗田健男（たけお）、早稲田出身の野球選手飛田穂洲（とびたすいしゅう）が一緒に写ってる「同級生交歓」という記事があります。この晩、小泉信三さんも加わって伊藤さんの家に集まり、そこで栗田さんに取材したんです。お座敷てんぷらをご馳走になりながら、「レイテ沖でなぜ〝謎の反転〟をしたんですか。突っ込むのをやめて去ったんですか。提督はあのときどういうお考えでしたか」と聞くと、栗田さんは黙っている。小泉さんが「栗田くん、もういいんじゃないか。そろそろ本当のことを言っても」と促すと、伊藤さんが「本人の口からは言えないんだろうから、ぼくが栗田くんから聞いた話をすると、彼は疲れ切っていたんだ。そういうことしか、この人は言わないんだよ」と。

栗田さんははじめ重巡洋艦愛宕(あたご)に乗っていました。第二艦隊は、伝統的に旗艦が巡洋艦なんです。だから大和、武蔵ではなく愛宕に乗っていた。その巡洋艦が魚雷でうんと早めに沈んでしまったんです。だから長官も小柳富次参謀長も、重油の海を泳いでいる。いっぺんそういう辛い思いをしたうえで旗艦を大和に乗りかえて最後に「レイテ湾に突っ込め」と言われても、「四日間もロクに眠っていなくては、人間、無理なんだよ。まさに疲れ切っていたんだね」。これはのちに『レイテ沖海戦』を書くことにつながったと言えますね。その後も栗田さんはついに無言を通しました。

連載のほうは二十六回やったところで、また「文藝春秋」に異動です。そしてふたたび「聞き書き」がはじまります。そのときに、『人物太平洋戦争』が本にまとめられて世に出せた。伊藤さんの名前を監修に借りて、まえがきも書いてもらいました。

これが俺にとっちゃ最高にいい文章でね。

「通俗には、この種の読み物は、大将や提督を扱うのが多く、下級将校の真の働きは隠れて了うものだ。それを、底辺からも真人物を求めて描き出した所に特色と価値を認める。それは、同じ年輩で戦場に散った人々への間接の供養にもなろう。監修の責任者ではあるが、敢て此書を歓送する気持に駆られてこの短文を贈るものである」

この翌年、伊藤さんは喉頭がんで亡くなられたんです。すでに具合が悪かったからでしょう、「君はいい仕事をしたね。もったいないからこのまま研究をつづけなさい。あの戦争をよく知らずにいたら、日本人はまた同じ間違いを犯しかねないから」と、ほとんど出ない声をふりしぼって、遺言のように言ってくれました。これは私には非常に強く胸に響きました。ようし、こうなったら昭和史を死ぬまで離さないぞ、と大袈裟でなく思いました。

その頃、つまり昭和三十年代の半ば頃、昭和史なんて真剣に考えていた人はいません、ましてや戦争を無我夢中で研究しているバカなやつはいなかったんです。でも生き証人はまだいっぱいいる、だからほんとうにもったいないんですよ。自分で言うのもなんだけど、いいときに、いい機会をもらっちゃったんだね。これはやらないわけにはいかない。「あいつは半藤ではなくて反動なんだ」とさげすむ人もいましたが、

「何いってやがる」と吹きとばしてね。運命と言われれば運命だったかもしれません。

『日本のいちばん長い日』

その頃になると、のちに社長になった安藤満くんらが熱心になって、十人ほどで社内に「太平洋戦争を勉強する会」をつくっていました。阿部さんという部長に名前だけ借りて会長になってもらって会社に認めさせると、五万円ぐらいの補助が出ましてね、このお金で多くの元参謀や部隊長を社にお呼びして話を聞くことができました。

その頃、八月号だからと思いついた企画が、どのように戦争を終結したのか、（ポツダム宣言が日本に届いた）昭和二十年七月二十七日から八月十五日にかけての終戦の流れについて当事者約三十人が語る――という大座談会です。大勢集まれば、あっちで私語、こっちで私語が始まって、まとまった話なんか成立しないと反対の声もあがったが、やってみなきゃわからないと無理に決行したんです。築地「なだ万」の大広間を借りて、午後三時から、終わるまで飯はお預けということにして。

来るはずだった吉田茂は来られなくなって誌上参加、さらに終戦当時の警視総監だった北海道知事（当時）の町村金五さんが議会で問題が起きて、これも誌上参加となりましたが、三十人の予定が二十八人。蓋を開けてみると、これこそ案に相違して、みんな真剣に人の話を聴いているんです。私語なんかどこにもない。当事者がこれほど黙って耳を傾けているということは、この人たちも日本がどうやって戦争を終えることができたのか、ほとんど知らない、部署部署の狭いことしか知らない、そして知りたいことなんだと気づきました。それなら戦争がどうやって終わったのか、このことをもっと徹底的に取材して、ぜひいっぺんきちんとまとめておく必要があると思ったんです。「太平洋戦争を勉強する会」に持ち込んだら、よしやろうということになった。手分けをすることになったものの、いざとなるとみんな忙しいからよ、結局は安藤満くんと、もう一人、竹中巳之くんが宮内庁関係を手伝ってくれて、あとの陸軍すべてとＮＨＫと宮内庁侍従なんかは俺が獅子奮迅で取材しました。「知りたい」が原動力だったんでしょうねえ。それに、伊藤さんの「あの戦争をよく知らずにいたら、日本人はまた同じ間違いを犯しかねない」という言葉が常に頭にありましたから。ただ、はじめは本にするつもりはなかったんです。

取材を進めて三十九年の冬に入った頃、出版局長の上林吾郎さんが、その件で問い合わせの電話があったと言ってきたんです。呼び出されて、「お前たち、へんなことをやっているそうじゃないか」「やっていることはやってます」というわけで、べつに内緒にしていたわけではありませんが、会社に知られることになった。見せろというので、まとめて二章分ぐらいを持っていくと「よし、これはうちで出す」、それも来年がちょうど戦後二十年にあたる、来年の七月に出す、五月までには書き上げろというんです。

それでまあ、ひどい目に遭いましたよ。とにかくノンフィクションとしてまとめなければならない。間に合わせるためには毎朝四時に起きて、朝めし前に十枚ずつ書き、会社に行って入社したばかりの担当の雨宮秀樹くんに渡すことになりました。

いよいよ本になるというとき、印税の問題が出ました。「お前たち、これを取材するのに会社の名前を使ったろう」「使いました」「会社の電話や原稿用紙を使ったろう」「使いました」「便箋も封筒も切手も使ったな」「ハイ」「ということは、これは会社の仕事だな」……そういうつもりじゃなかったんだけどなあ。「じゃあ会社の仕事と認めてやる、そのかわり印税はなしだ」ときた（笑）。さらに、「太平洋戦争を勉強する会」の名前じゃ売れない、半藤の名前じゃなおさら売れない、大宅壮一さんのところへ、編者として名前を貸してくれるようお願いに行け、という。大宅さんはちっとも読まないうちに快諾してくれ、その場で序文としてすらすらと喋ってもらったのを原稿に起こし、掲載しました。後日、大宅さんには御礼として五万円を持っていったのを憶えています。これが本になると、二十万部くらい売れたでしょうか、会社はぼろもうけ。おまけに文士劇になり、当たったから新国劇が芝居化までしました。

この『日本のいちばん長い日』を書いたことで、得たものはとりたててありませんが、少しは社外の人に筆者として知られるようになり、戦史に興味をもっている雑誌「プレジデント」の編集長が、やたらと原稿を依頼してきました。「よし、承知した」と応じたものの、会社からは何も言われなかったですね。ただあるとき池島さんが、「読んだよ。君は天皇陛下がきらいなんだね」と声をかけてきました。あとで考えが変わったのですが、あの頃は天皇に戦争責任があると考えていましたから。もう一人、俺を安吾さんのところへやった田川さんが、「おい、読んだぞ。なかなかよかったけれど、いいか、会社の名を汚すようなことを書いたら黙っていないぞ」と釘を刺しました。直接、何かを言われたのはその二人だけです。ただ毎日の出退勤時刻をチェックするとか微妙な手口で、後ろから足を引っ張るやつがいたことは確かです（笑）。

そうそう、いまのカミさんと結婚したのは『日本のいちばん長い日』を書き終えた年だったと思います。じつは長岡中学時代の同級生の妹で、彼女が小学校五年生のころ、その家に遊びにいって知っていたんです。目のくりくりとした気の強そうな子でした。もうそのときに見初めて将来の、なんてわけではなかったのですが。合縁奇縁という言葉があるでしょう、まさにそういったところです。彼女も東京生まれの疎開ッ子です。そうですね、『日本のいちばん長い日』を書いて得た最高のご褒美は、といえば、あるいは彼女と一緒になれたこと、でしょうか。

名デスクはヘボ編集長？

その後、「文藝春秋」では七年間ずっとデスクを務め、三代の編集長に仕えました。

会社でも最長だと思います。四代目の編集長にきらわれて三カ月で週刊誌にまた追い出されましたが、七年間はつつがなく務めて、部員たちを指揮するようでしないようで仲良く一緒に働いた、我ながら名デスクだったと思いますよ。

でも編集長になったらぜんぜんダメだった。月刊誌と週刊誌と両方やりましたが、自分ながらアカンと思いましたね。「長」というのは、人材をうまく使うことのできない奴はやらないほうがいい。ところが俺は自分で全部やっちゃおうとする。人に任せることも、上手に使うこともできないんですね、信用していないんじゃなくて、自分でやったほうが早ええからよお。週刊誌の特集書きなんか、「半ちゃんがいると、カツカツと鉛筆を叩くように書いている機関銃みたいな音が邪魔で迷惑だから、ほかのところへ行ってやってくれ」と執筆室から追い出されたりして。ただ、おっちょこちょいというか、新米の頃、「はい、わかりました!」と出ていってから「はて、何の取材だったかな」ということは何度かあって(笑)、外から電話して「俺は何のためにあの先生のところに行くんでしたっけ」と小さな声で聞いたりしてました。

ともかく管理職になって、書くことはスパッとやめました。すべてです。三十九歳で「漫画読本」の編集長になり、その後「週刊文春」「文藝春秋」と、編集長をやっている十数年のあいだはひたすら会社の仕事に打ち込んだ。もちろん外部原稿なんかすべて断った。でも昭和史の勉強は飽きずにつづけていました。

もう一つ言うと、その頃に〝アソビ〟の勉強もしたんです。そこは下町育ち、かなり芸事好きで、謡を習ったり、日本舞踊も松賀流の名取なんですよ。その伝で、芭蕉の俳句や短歌など、風流系の勉強にいそしみ、いっとき歌人の端くれになったこともあります。さらに文章の腕が鈍っちゃいかんと思って始めたのが、文庫本形式の年賀状でした。原稿用紙にして七、八十枚前後でしょうか、中国やベルリンへの旅の話やボート部時代の思い出など好き勝手なことを書いて、一九八〇年から十年間、そのあと新書判にして五年間つづけました。その年賀状には自作の木版画が何枚も載っていて、じつは今も、数はぐんと減りましたがときどき彫刻刀を握っています。

ただし、十数年の編集長の肩書のついているあいだに考えたのは、「よーし、会社をやめたら今度こそ物書きになるぞ」ということ。昭和史ものをきちんと自分の名前で出す、いつしかそう志すようになっていたんです。『日本のいちばん長い日』ですべて終わりというわけにはいかない。ヒロシマ、ナガサキとソ連侵攻、それから十五日になるまでの日本の苦悩、これだけは書いておこう、いつの間にか心の奥にドッカとその思いが生まれて、居座っていた。これを仕上げないと死ねないぞ、とね。

ところが世はままならない、編集長を十数年勤めあげると、当時の年功序列のベルトコンベアに乗っかってこんどは出版局長になってしまった。そうなると完全な管理職で、問題でも起きなければいてもいなくても同じこと。やることがない。仕事のないのは身の置き場がない性分だから、会社に強くお願いして「くりま」という新しい雑誌を創刊してもらい、その編集長を兼任して、少しばかり仕事にありつくことができ、いくらか生き返ったのです。が、この兼任が裏目に出て、ある日、社長に呼ばれました。そして突きつけられたのが、例の俺の出退勤の時間の記録表、一年分。この克明さにはいささかアッケにとられました。「これじゃ局長の仕事を十全に果たしているとは言えないな。残念ながら辞めてもらうことにする」。腹の中で残念なんて顔をしてないくせに、勝手にしろと思ったから、「どうぞ、そうしてください。こっちも助かります」、というわけで、編集委員長という、名称だけは立派な窓ぎわの閑職につくことになったんです。

編集委員長というのは「長」はついていますが、部下というか編集委員はほかに四人いて、みんな俺の先輩で雑誌の編集長経験者。長もへちまもない。お前はもう半人前以上の物書きなんだから早く会社を辞めたらどうだ、の暗示以外の何ものでもない。

そのときは閑職をもてあまして会社を辞めようと思った。ところがカミさんが「何をバカなことを言ってるの、あんないい会社はないじゃない。やりたい放題していて月給をきちんとくれるんだから。クビだというならばともかく、自分から辞める必要も、文句を言う必要もない。いられるあいだは平気な顔をしていなさい」と言う。まあそれもそうだなと、「は、わかりました」(笑)。

まぼろしの「明治史」!?

そうこうしているうちに、親交のあった松本清張さんや司馬遼太郎さんとさまざまなことについて話すようになっていました。清張さんとは二・二六事件など、司馬さんとは統帥権についてよく議論をした。そのうち、統帥権については司馬さんが言っているようなものではないんじゃないか、もう少しきちんと明治史というものを書かないと統帥権はわからないだろうと思ったんです。『坂の上の雲』はいうならば創作で、あれが歴史になってしまってはいけない、日清戦争から日露戦争までの十年間、日本の民草がどのくらい苦闘したか、我慢を強いられたか、明るい明治ばかりではない。さらには、せめてあのあとの日本がいかに悪くなっていったかをきちんと書いておかないと……それで『坂の上の雲』の後の明治を書く、それはやがて大正史になる、と考えはじめました。もちろんそれは自ずから昭和史につながっていきます。

ただし、ノンフィクションとしてまともにだらだらと事実だけ書いても面白くない、誰かを主人公にしてわかりやすくしたほうがいい、ならば加藤友三郎はどうかと構想したんです。日本海海戦では東郷平八郎の下の参謀長で、ワシントン軍縮会議では五・五・三の比率をのみ、「戦争は軍人だけがするもんじゃない、カネ(国力)と国民の総意がなければできない」と言った人。でもそれからすぐ死んじゃうし、人物としてちょっと地味じゃない。焦点は日本海海戦からワシントン会議までに合わせることにして、脇を彩る派手な登場人物は誰かいないか、と考えて浮かんだのが夏目漱石でした。そこで会社の窓ぎわで仕事がないのをいいことに、漱石を久しぶりに手に取り、メモをとりながら読みはじめました、さらに北一輝、石川啄木も出せば派手になるな……と案を練りながら。そんなときです、でっかい仕事をすることになったのは。

ある成功の代償

折から文藝春秋六十周年を記念して少し大きなパーティーをすることになり、後日、出席者全員にやや立派な、出版社らしい贈り物をしたい、何かいい案はないかという話が出たものだから、『「文藝春秋」にみる昭和史』はどうかと考えました。

大正十二年（一九二三）に創立した会社は昭和と一緒に歩いてきたようなもので、これならぴったりじゃないか。とりあえず創刊から敗戦までを一冊にまとめる、というわがプランに会社が乗った。でも誰がやるのか、というから「じゃあ私がやります」。引用許可願いなどのやりとりに女の子を一人つけてもらい、無事にできあがると、これが評判がよかったので出版部が「本にして売る」と言い出したんです。刊行されると十万部ぐらいは売れて、会社はずいぶん儲かったんじゃなかったかな。

そんなことがあってからだと思うのですが、五十五歳の定年を前に副社長に呼ばれ、「君を役員にする」と告げられました。寝耳に水もいいところです。あとで聞いた話ですが、副社長が「会社をうんと儲けさせた社員を定年で追い出すのは、社としてみっともない」と役員会で力説したとのこと。それでなんと突然、役員になっちまった。でも正直、そういう役職はまったく俺には向かねえんだよ……。ただ、まだヒラの取締役でいるあいだは時間に余裕もある。それからです、『漱石先生ぞな、もし』を、例のメモをもとにばんばん書きはじめたのは。これがまた本になるとなぜか大そう売れて、続編を出すわ、賞（新田次郎文学賞）までいただくことになりました。

『坂の上の雲』の続編はどこにいったかって？　史料は集めたものの、漱石先生がそれにとられて吹っ飛んで、揚句に意欲もすっかりどこかへふっ飛んじゃったねえ。だからといって今から書くのはたいへん（笑）。でも、少々つまらなくても資料として後世に残しておこうか、なんて気にもなっていますがね、多分、ダメでしょうね。

遅咲きの物書き、〝歴史の語り部〟となる

〝じんましん十年〟の役員時代

思いもしなかった役員になったものの、そのころ参っちゃったのは、じんましんが出て、じんましんが出て、もうたいへんだったこと。かゆいなんてもんじゃない、手にも脚にもぱあーっと出て、顔には出なかったんだけど、首から下はもう全身。当時、社内の診療室に鈴木ドクトルという性病の大家がいました――なぜ性病の大家がうちの会社の主治医だったかはわかりませんが（笑）。そこに通って、病名もわからない

まま、いろいろと工夫をしてくれた薬を飲んで治るときもあったんですが、またすぐに出る。ほんとうに参りましてね、しまいに「半藤さん、わるいけどこれ、会社を辞めれば治るよ」と言われました。いやまあ面白いことに辞めたとたん、ほんとうにいっぺんに消えて、その後はまったく出なくなった（笑）。記録によれば十年ぐらい役員をやってましたから、〝じんましん十年の時代〟ですよ。今でも「役員」と聞くとぶつぶつが出てきそうなくらいです。

『日本史が楽しい』『昭和史が面白い』（一九九七年）という本があります。これはもともと「ノーサイド」という雑誌の連載で、私がホストになってさまざまな人を招いた鼎談がまとまったものです。ストレスを抱えながらも社を辞めなかったのは、役員をしながらでもこういう仕事をやれたからです。幸いにもこの会社にはいろいろな雑誌があって、次々に「注文」が来る。捨てがたいというのか、面白い。のちに『指揮官と参謀』と改題された『コンビの研究』（一九八八年）は、もともと「オール讀物」の連載です。「満洲事変と朝日新聞」という長い記事を書いたのは「文藝春秋」でした。会社の仕事のうちですからもちろん原稿料は出ません。編集部にすれば、ただで使えてよく働く、便利な男が社内にいたわけです。

ただし専務になってからは、少し執筆を控えました。でもさすがに四年も専務をやると、「このへんでおろしてもらえないか」と社長に頼んだ。会社も困ったのか、常任顧問という役職をつくってくれて就任しちゃった。それでも毎日いちおうは出社して、会議にも出て大喧嘩もはたいてますから、精神衛生状態はよくなかったんだね。体は正直で、じんましんは相変わらず。漱石の俳句をかりれば「ぶつぶつと大いなる田螺（たにし）の不平かな」、いや、もじっていえば、「無能なる役員となりてあら涼し」でした。

『昭和天皇独白録』のこと

専務時代にたった一つ、はっきり記憶に残っている大仕事があります。年号が平成になったばかりの一九九〇年十月二十日でしたか、「文藝春秋」編集長で後に社長になった白石勝くんが、秘書を通して「会いたい」と言ってきたんです。いつでもどうぞ、と応じると、何かたいへん慎重かつ真剣な面持ちで、あるものを抱えてやってきました。

秘書がお茶を出して部屋を出るのを見届けてから、「じつはすごいものが手に入ったんです」と言うじゃない。何だときいたら、あの「昭和天皇独白録」の原稿、といっても薄い文書の束で、原文ではなくコピーでした。書いたのは（日米開戦まで在ワシントン日本大使館詰めの一等書記官だった）寺崎英成さんで、出どころは娘さんのマリコ・テラサキ・ミラーさんとのこと。ただし、これがほんとうに昭和天皇が喋ったものなのか、あるいは誰か周辺の者たちによってつくられたものなのか、正直いって判定できない。そこで、一読して昭和天皇の直話なのかどうか、つまり本物かどうか判定してほしいというわけです。そんなこと、僕は昭和史をやっていても天皇そのものについてはあまり詳しくないし、昭和天皇についての専門家に頼んだほうがいいんじゃないの、と言うと、「外には頼めない」。情報が漏れては一大事、せっかくのスクープがパアになる。じゃあこれを入手したことは社内の誰が知っているのか？　白石くんとデスクだけで、編集部員も他の人もまったく知らないという。

もちろん読んで判定を下すなんて大変なことです。が、肚（はら）を決めました。「よし、わかった。次号に間に合わせたいんだな」「はい」。当時はまだ活字の時代ですから「文藝春秋」の締切日は早くて、毎月二十七日がギリギリ。それが翌月十日に発売される。持ちこまれてから一週間しかない。「じゃあ猛急だね」というわけです。

でもコピーだからなおさら危ないんですね。途中でまったく余計なことが書き足されていてもわからない。しかもその数年前(一九八三年)、ドイツの「シュテルン」という雑誌が「ヒトラー日記」を発見したという大スクープを出したことがあります。それが、あっという間につくりものと判明して、結局、雑誌はつぶれたんじゃなかったかな。そりゃもう大騒ぎだったんです。だから、こんなもの預かっちゃったけど、あれとおんなじことになるんじゃねえか、というのが頭にあって、大丈夫かなと思いながら、やっぱり丁寧に読みましたよ。久しぶりに緊張しました。そこがほれ、専務は個室ですから、秘書に誰も入ってこないように言って机に広げてね。

読んでいくと、どう考えても昭和天皇しか言えないことが四カ所ぐらいあったんです。こんなことは本人以外のものに言えるはずはない、いくら悪知恵を働かしてもあり得ないなという……たとえば、いちばん最後のところ、

「私が若し開戦の決定に対して、『ベトー』(veto 拒否) したとしよう。国内は必ず大内乱となり、私の信頼する周囲の者は殺され、私の生命も保証出来ない」

「ベトー」なんて言葉は知らなかったけど、偽物をつくるにしても、「私の生命も保証出来ない」なんて他の人じゃ言えないなと。ほかにも三カ所、忘れちゃったけど新事実と考えるほかない記述があった。これは天皇みずからが語ったものだ、と確信しました。それで二十三日に白石くんを呼んで、「本物だと思う。今すぐアメリカに飛んで、マリコさんに直接会い、実物を見てもう少しきちんと確認をしたうえで、借りられるなら借りてくる。相手はアメリカの人だから条件などもきちんと交渉して決めてきたほうがいい」と伝えました。さらに、「このまま出しても今の日本の一般読者には昭和史の流れがわからない、細かく注をつけ理解しやすくしたほうがいい。あなたが帰るまでに俺がすべて終えておくから、コピーは置いていってくれ」と。

さあ白石くんはすぐアメリカに飛びました。その間に俺は注にとりかかりましたが、もう全文にいちいちつけなきゃいけないぐらいで、時間がかかりましたねえ。一方で、デスクが中心となって新聞広告やポスターはインチキのものを作っておいたんです。

さて、発売日の翌月十日が近づいて、問題はどうやって発表するか。ＰＲのためには直前に新聞で特ダネとして大きく報道してもらうのもいい。他には一切漏らさないことを条件にしてある程度の材料を与える、つまりこっちからリークするんですね。と、デスクが「ＮＨＫがいい、テレビのニュースでやってもらったほうが全国的だ」と提案した。それでたしか前日の昼ごろに編集部からＮＨＫに連絡すると、向こうはすっとんできたように記憶しますがね。それで取材を済ませ、まさに雑誌発売前日の午後七時と九時のニュースでＮＨＫがダーンとやってくれたんです。結果、大成功。雑誌は売れに売れた。長い歴史のなかで百万部以上も刷って完売したことは五、六回ぐらいですが、このときは百万部以上刷ってすぐに売り切れました。

退職後のスタート

常任顧問になると、社外からの注文も多くなってきました。専務をやったから不文律で会社には六十六歳までいてもいいいんだけど、六十四歳で「もういい」と退社を決めました。このときはさすがにカミさんも「ご苦労さまでした」と労ってくれましてね、それまでは本や史料を部屋や階段や玄関などに山のように積んであるだけでしたから、本格的に書くならきちんとした書庫をつくり、仕事のしやすい家を建てましょうということになった。そう決めた彼女が一人で東京じゅうの土地を探し歩いて、今住んでいる家をつくったんです。

そういうわけで、俺の場合は六十四歳の夏からが本式のスタートなんですね。大学教員のクチもいくつか来ましたが、「物書きになります」と断りました。度胸があったのかねえ。自信なんてないですよ。いくらかは命がけでした。斎藤緑雨の「筆は一本、箸は二本」じゃないけれど、いざとなったら酒はやめよう、の覚悟はきめましたよ、ひそかにですがね。

退社と決まっていちばん最初にやったのは、『日本のいちばん長い日』を私の名前に返してくださいと、大宅壮一さんはもう亡くなっていましたから、奥さまにお願いに行ったことです。「恐れ入りますが、あの本には間違いがあり、それを全部直して決定版を出したいのですが、ついては著者名を私にお返し頂けないでしょうか」と。

奥さんは快諾してくれ、会社に話してきちんと修正を済ませたあと、退職翌年の一九九五年に私の名前で決定版を出しました。

　会社員時代を振り返ると、編集という仕事は、こんなに面白いことはないんじゃないかと思ったね。誰かに書いてもらうにしても、ある程度は自分で考えた構想のもとに、自分で選んだ人を動かして、自分で読みたいもの、楽しめるものを作れるというのは、書くことよりはるかに面白いと思いました。いま出版社はどこもたいへんですけれど、私のいたころは幸いなことにバブルの時期です。雑誌が売れなくて困るなんてことはまずなかった。ちょうど辞めたころにバブルがはじけたもんだから、後輩に言わせると「完全に食い逃げしやがった」(笑)。まったくその通りですね。

　思えば一貫して昭和の時代の「当事者」の話を聞いてきたことになります。戦争の当事者はまだ生きていたし、市井(しせい)の人たちの話も山ほど聞き、いくつもの人間ドラマを見てきました。そういう意味では、新聞社の運動部に配属されてボートレースや相撲の記事を書いているよりよかったでしょうね。一つの事件が終われば、はい次の事件、ではなく、二度も三度も会いに行き、長い実話も書くことができました。個人的に親しくなった人たちからは、人生百般、森羅万象、いろいろな話を聞かせてもらいました。妙なことで昭和史に食いつくチャンスをもらったのも、編集者だったからです。入社試験の日、道に迷ってよかった（笑）。

失ったもの、得たもの

会社を辞めて失ったものは……綺麗な女子社員と酒席を共にする機会くらいかな（笑）。「半ちゃんギャルズ」と称してわたくしを囲む美人たちがいたんですよ。酔ったって、セクハラなんか毫も しない、安全無害の人物と結構モテたんですぞ（笑）。

得たものといえば……そうそう、退職に際して役員には会社から贈り物を差し上げるから、希望を聞きたいと言われたんです。「そんなものいらねえ」と答えたら、「困る」と言う。後の人のことを思えば、それもそうです。で、社内を見わたすと、すでにスチールみたいな事務机に替わっているんだけど、俺が専務のときは代々受け継がれてきた木製のどっしりとした机と椅子を使っていたんですよ。机にはグリーンのフエルトが敷いてあって、ガラスがのっかっている。前任者も使ってきたから、煙草の焼け跡がついていたりして年季のいったものでした。それが私が辞めた直後ぐらいに、近代的な新しいものに替わったらしい。で、あの机と椅子はどうなったのと聞くと、会社のどこかに粗大ごみとして積んであるという。「じゃあ、あれをくれ」とお願いしたら驚かれちゃった。古いけど、使い心地は非常によかったんです……え、じんましんの思い出？　ないです、机には怨みはありません（笑）。

それで頂戴することになったものの、でかいので、新しい家ができたら届けてほしい、それまで会社に置いておいてくれ、と頼んで、寸法だけ計っておいたんです。新築の家はその机が入るよう、部屋も戸口も寸法に合わせて作りました。それから四半世紀、だいぶ剝げてきましたけれど、今でも使っています。紀伊國屋書店のB5判の原稿用紙にB3のエンピツでしこしこと、原稿書きはもちろん、校正刷に赤字を入れるのもぜんぶその机の上で、いまもやっています。この机で書いたものはもう何冊になりますかねえ。これを粗大ごみにしないで、大切にとっておいてくれた会社には感謝していますよ……ということは、俺はまだ会社員時代と離れてねえのかなあ（笑）。

昭和史はなぜ面白いか

会社を辞めて昭和史をやってやるぞ、という当初の決意と、いまの現実を見ると、理想どおりにいったとは思っていません。人間というのはなかなか一直線にはいかなくて、ずいぶん脱線してきたなあというところがありますね。でも振り返って「こんなはずじゃなかった」ということはありません。

たとえば「愛」と「非攻・非戦」を唱えた墨子は、安吾さんや伊藤正徳さんに並ぶ、わが〝先生〟ですから脇道とはいえません。いまの人にはほとんど知られていないけど、彼の思想は先の見えない混沌たる時代にこそ大切にしなければならない、と思っています。『墨子よみがえる』(二〇〇一年)には、神風特別攻撃隊や、八紘一宇のこと、米内光政の「魔性の歴史」や、チャップリンの『殺人狂時代』など、昭和史にふれた話がやたらに出てきます。とくにインパール作戦の菊兵団が守備していたミートキーナ(現ミッチーナー)が陥落して退却せざるをえなくなったときの話で、丸山豊さんが書いた『月白の道』から引用した一文のことは、いまでも忘れられません。

「私はつくづくと、戦争にたいする一個の人間の非力を思った。じつに徹底して非力である。しかし私は思いかえすのであった。たしかに一個の人間は砂よりも微弱だが、けっして、永遠に非力であってはならない、と」

そうなんです、われわれは永遠に非力であってはならないんです。心の中に平和の砦(とりで)を築かねばならない、それが最高の昭和史の教訓ではないか、と、墨子を書きながらも、昭和史からなかなか離れられない。

そこまで昭和史にこだわっているのは、やはり面白いからです。他の時代とはまったく違う。戦争があって、敗けて、ゼロから日本を立て直す時代を一緒に生きたわけです、それを事実に基づいて書こうというのですから。

たとえば幕末を書こうとすると、話を聞く人がいないのだから、相手は文献になります。というのは『幕末史』(二〇〇八年)でそれとなく調べるうちに、どうも事実は私たちが伝えられているような歴史とはずいぶん違っているな、と感じました。幕末史の文献はとりわけ、薩長が自分たちの正当性を飾るために作られたものです。それで敗けた側の記録がないのかといえば、ないわけじゃないんです。あっても活字になってなくて、みな原文のまま。だからぼくらには読めない、つまり公正な歴史でなくなる。安吾さんの教えそのもので、そういう意味では昭和史ほど面白くはないんです。

物書きから語り部に

そうこうしているうちに、気がつくと書くだけでなく、昭和史の〝語り部〟になっていました。できるだけ易しい言葉で、昭和の歴史を後の世代に伝えよう、という仕事をずいぶんやるようになった。これはまったく予期していなかったことです。

それまでに太平洋戦争や昭和史の本を書いてきて、それなりにけっこうな読者がいました。ということは、みなさん相当に歴史を知っているのだとばかり思い込んでいた。ですから以前は統帥権の問題なども、難しい専門用語を用いて書いてきました。しかし今の日本人は歴史を学んでいないんですね。

三十年ほど前になりますが、ある女子大の雇われ講師を三カ月ばかりやったとき、三年生を五十人ぐらい教えたのですが、授業の最後に「戦争についての10の質問」というアンケートを出したんです。その冒頭で「太平洋戦争で日本と戦争したことがない国は？　a ドイツ　b オーストラリア　c アメリカ　d 旧ソ連」という質問をあげたところ、アメリカを選んだ人が十三人いた。さすがにおったまげてよ。次の授業で、この十三人に私をおちょくるためにアメリカに◯をつけたのかと聞くと、まじめに答えたのだという。なかで手を上げて質問をした子がいて「どっちが勝ったんですか」。そのときはほんとうに教壇でひっくり返りましたよ。もう彼女たちはもちろんいいお母さんになっているでしょう。これはねえ、日本の国はもう少し歴史をきちんと教えないと危ないぞと、そのとき思ったことは確かなんです。歴史が好きだとか、学ぼうとしているという人でなくても、基本として知っておくべきことはあると。

きっかけとなった『昭和史』（二〇〇四年）の語り下ろしは、「昭和史のことを何も知らない自分たちにわかるように、最初から喋ってほしい」という編集者の勧めもありました。学校の日本史の授業では、縄文時代から始まるでしょう、だから学年の終わりまでに昭和史に辿り着かないんですね。女子大での苦い記憶も蘇りました。

読者層が広がりましたね。それまで自分が書いたものを読むのは、歴史好きであるとか、ノモンハンやレイテ沖海戦など、扱ったテーマに関心のある人ばかり。その意味では熱心な読者でしたが、せいぜいが一万人でした。が、『昭和史』は戦後篇（二〇〇六年）と合わせて八十万部となり、今も読まれているんです。

通史をやって気づいたこと

思いもかけず改めて一から昭和の歴史に取り組んでよかったのは、自分のなかでわからなかったこと、つまりどうしてここでこうなっちゃうのかな、というところが理解できたことです。ピンポイントでやってると見えないんですね。そういう意味では、昭和史という一つの流れを、大づかみだけれど丁寧に辿っていったことは、ものすごく勉強になりました。たとえば二・二六事件という一つの大きな事件、これだけを突っこんでやっているとたしかに面白いですよ。だけどやっぱり「部分」なんです、ピックアップしているだけです。ところが歴史の流れのなかで二・二六事件をとらえると、見方がまた違ってくる。そのなかで強く感じたのは、やはり昭和の中心には天皇があるということ。『昭和史』では表に出していませんが、今はそう実感しています。

平成の天皇と昭和天皇がどう違うのかを考えていくと、歴代百二十五代の天皇のうちでたった一人、子どものときから軍人として育てられ、大元帥陛下と天皇という二重性を負わされた、そういう存在は唯一、昭和天皇だけなんです。大正天皇もそういうことはありませんでしたし、明治天皇などはへんな話、宮中で女官に囲まれて育ち、維新だというので担がれましたが、自身は何もわからないで伊藤博文や山縣有朋や山本権兵衛ら、年齢も大きく違う周囲の人たちに操られていただけです。そういう意味では、昭和天皇だけが国家の二重性――つまり軍事国家と、憲法を大事にする立憲国家というものの二重性を負わされた。自身はある程度、憲法を大事に考える天皇であったと同時に、憲法とは関係ないところの軍事国家の大元帥でもあった、その二重性というものに、昭和史をきちんとやって気づきました。昭和史の基本にあるのは、憲法を大事にする立憲君主国家、もう一つは大元帥が統帥権をもつ軍事国家、その両方の長であった天皇が同一人格でまったく違うことをやったという点で、これはやはり昭和という時代の他にない特徴なんですね。

平成時代の天皇がお代わりになった現在、日本の政府には戦前を懐かしむ人がいるようです。戦後レジームからの脱却といってますが、戦後レジームというのは、いま言った二重性を排除して憲法を大事にする平和国家の体制ということ。そこから脱却するということは、前に戻るということでしょう。自民党の主張する憲法案の一条は、天皇を元首とする。そして自衛隊を国防軍にするというのですから、軍隊を復活するんじゃないでしょうか。つまり、また戦前の昭和史に戻ろうとする流れがかなり強くなっている。それは私に言わせれば、とんでもない大間違いをもういっぺんやることであって、だから昭和史を知ってほしい、昭和がどういう時代であったかをみなさんに今いちど学び直してほしいんです。

「歴史に学べ」でなく「歴史を学べ」

ただ私は正直、まだ間に合うと思っています。せっかく日本は戦後七十余年、危うい面もあったが、戦争をしない、決して攻撃はしない国を築いてきたんです。平和は国民の努力によって支え、保つことができるんだと、日本人は七十年かかって世界に示してきた。それを世界に広げるという積極的な役割を担うことができる、日本は世界で唯一の国です。「戦争がない」ことがいかに大事なことか。戦争は天から降ってくるものではありません。人が起こさないように努力しないといけません。墨子の教えではないけれど、戦争になるかもしれない芽が少しでも出たら、プチンプチンとそのつど摘み取って、つぶしてやろうという努力を永遠に続けないといけない。

私は歴史というのは「人間学」だと思っています。歴史はくり返すとよく言いますが、単純にそうとは言えないんじゃないでしょうか。というのも、時代によって状況が異なるし、国際的な交流関係が昔と今とでは全然違うからです。ただし、歴史をつくっている人間というのは、いくら文明が進歩してもあまり変わらない。たとえ将棋でAIに負けたとしても、人間は同じ策謀をし、同じような状況で同じような判断をし、同じ過ちをします。いちばん大事なときに手前勝手な見込みのもとに判断をするから、いっぺん間違うと、次のときにまた判断を誤るんです。

よく「歴史に学べ」と言います。歴史を教訓にしようとする言葉が流行りますが、そうじゃなくて、「歴史を学べ」のほうが今の日本人には正しいと思います。まずは知ること、そうして歴史を学んでいれば、あるとき突然、目が開けるんです。

今は戦前と違って、いくらでも各国の人の交流があります。それにわれら悲惨な戦争体験のあるじいさんばあさんが元気なうちは、まだ大丈夫です。その先のことは、少し下の世代、さらに若い人たちの双肩にかかっていると思います。そのためにも、かつて橋の技師になることを諦めはしましたが、今を生きる人と昭和史のあいだに橋を架ける仕事を俺はしているんだ――なんて言うと、こじつけになるでしょうか。

人生の一字

自分にとって幸せとは何か？　そうですねえ、夜寝るとき、明日の朝に死んでいてもいいや、と思えることかな。寝床に入るとき、今晩、心臓麻痺でぽっくり逝ってもあまり後悔することねえな、ずいぶん面白い人生だったなと。

戦争を戦って帰ってきながら、まったく語らず無言のままの人が大勢いました。小沢治三郎、栗田健男、宮崎繁三郎……逆にたくさん語った人もいた、あるいは嘘を言ったり、弁解ばかりする人もいた。語らざる人はなぜ最後までこうも無口だったのか、それにはちゃんと理由がある。この人はどうして嘘をつくのか、それも何かある。たくさん見てきて、やっぱり人間というのは実に面白いと思った。なにも講談や浪花節に出てくる加藤清正や豊臣秀吉がどうの、そんなことをやらなくても、生身の人間の方がよっぽど興味深い。そう思ったことが結果的に一筋につながった——何かを読んだからとかじゃなくて、それが今の〝実感〟ですね。私の昭和史は、それでしょう。

一つだけ、三十年来続けていることがあります。毎年八月一日から三十一日までの一カ月間、朝、寝間着のまま寝床の上に座って、「戦陣に死し職域に殉じ、非命に斃れたる者、およびその遺族に思いを致せば、五内ために裂く」と、終戦の詔勅の一節を唱えます。戦陣に死し、は兵隊さん、職域に殉じ、というのは船員さんや職工さんたち、今は靖国神社に入っていますが、かつては入っていませんでした。非命に斃れたる者、というのは原爆や空襲、サイパン島や沖縄の戦いなどで亡くなった非戦闘員の戦没者すべて、その遺族のことを考えると内臓が裂けて砕けるようだ、という意味です。それを唱えて一分間、黙禱して起きます。平和への祈りです。
人間は絶望しちゃいかんと思います。憲法はじきに変えられちゃうんだから、とか、投票に行っても同じだとか、あっさり決めてしまっちゃいかん。私たちにはまだまだ、うんと努力しないといけないことがあるんです。墨子の言葉（いや、柴又の寅さんの言葉？）をかりれば、平和を保持するために、奮闘努力すべし、なのです。

自分の人生を漢字一字にたとえるとすると、「漕」ですね。艇(ボート)だけじゃなくて、昭和史も漕ぎつづけてきた。ゴールはなくても、飽きずに一所懸命に漕いできた。毎日漕いでいると、あるとき突然ポーンとわかることがある、オールがすうーっと軽くなるように。だから、「続ける」ということ。決して諦めず、牛のようにうんうん押していくことです。長い人生、伊藤正徳さんの遺言を守ったわけじゃないけれど、あたしはまだやってるんだ。八十九歳で現役らしいからねえ（笑）。

人間八十歳を超えると「一期一会」を日々意識する。人の生命には「果て」あり。つまり「涯」である。中国の句「荘子」にいわく。「生に涯あり、されど知に涯なし」八十九爺はそれで頑張っている。されば諸兄よ、奮闘努力せよ。

略歴

一九三〇年　〇歳　五月二十一日、父末松・母チヱの長男として向島に生まれる。

一九三六年　六歳　二・二六事件の日、父のいいつけで雪合戦を我慢し家にブウブウいいながら籠っていた。

一九三七年　七歳　第三吾嬬小学校に入学、一年後には新設の大畑小学校に通うようになる。しかも当時珍しい男女組。日中戦争が始まって以降、なんとなしに周りの空気が軍国的になる。ポカポカ殴られだした。小学校時代は「少年講談」や浪曲に親しむ。

一九三九年　九歳　父が区会議員となり、悪ガキがにわかに「お坊ちゃま」に。しかし悪ガキに変わりなし。

一九四一年　一一歳　太平洋戦争が始まってからは、父の反戦的ボヤキを聞いて育つ。

一九四二年　一二歳　四月、映画を見ていた最中に最初の空襲体験。ただしB25の姿を見ていない。

一九四三年　一三歳　都立第七中学校に進学。隅田川の数々の美しい橋を眺めて育ったためか、この頃から橋をつくる技師に憧れを抱く。

一九四五年　一五歳　三月十日の東京大空襲で死にかける。父親とともに母や弟妹が疎開していた茨城県下妻へ。その後、父親の故郷・新潟県長岡へ、長岡中学校に転入。八月、終戦。タバコを初めてくゆらす。

一九四六年　一六歳　東京に戻る家族をよそに、ひとり長岡に残って勉強に打ち込む。雪国の通学で自然に体が鍛えられた。

一九四七年　一七歳　一高の受験に失敗して失意なるも、戦後の東京の街と女性の美しさをしっかりと記憶に刻む。

一九四八年　一八歳　旧制浦和高校に合格して入学。すぐ理科から文科に転じ、橋の技師になる夢はいつしか萎んでいった。

一九四九年　一九歳　春、東京大学文学部に入学。すぐにボート部に入る。大きな影響を受けてきた父が胃がんで亡くなる。

一九五二年　二二歳　前年に慶應大学に敗北したボートレースで、ついに全日本選手権の優勝を飾る。

一九五三年　二三歳　大学卒業。卒論はにわか勉強で「堤中納言物語の短篇小説性」。三月、文藝春秋に入社。見習いのうちに坂口安吾と出会い、歴史の面白さを知る。九月、出版部に配属。翌年三月に「文藝春秋」編集部に異動。

一九五六年　二六歳　また出版部に異動となるや、伊藤正徳の担当に。連載の手伝いを頼まれて昭和史の取材を始める。
一九五九年　二九歳　創刊準備から「週刊文春」編集部員となり人一倍働く。
一九六一年　三一歳　昭和史に本格的にのめりこみ、「週刊文春」連載ののち処女作『人物太平洋戦争』刊行。
一九六二年　三二歳　「文藝春秋」編集部に戻る。翌年のケネディ暗殺時にはぎっくり腰で寝ながらも一夜で長い記事を執筆。自称「名デスク」として七年間ちょっとを同編集部で過ごす。
一九六五年　三五歳　『日本のいちばん長い日』刊。デスクをやりながらの大仕事であった。
一九七〇年　四〇歳　この前後から「漫画読本」「週刊文春」「文藝春秋」編集長を歴任。十数年の編集長暮らしの間、執筆はいっさいせず。のち出版局長となるが、二年もたたないうちにクビ、窓ぎわにやられる。
一九七八年　四八歳　閑職のあいだに明治史を書く構想を練る。「漱石」に熱を入れる。腕のなまり防止策として一九八〇年から文庫・新書判の年賀状を計十五冊作った。
一九八四年　五四歳　想定外の取締役となる。役員会議でやたらに上役に突っかかって煙たがられる。
一九九〇年　六〇歳　監修と注・解説を担当した『昭和天皇独白録』が刊行される。
一九九二年　六二歳　『漱石先生ぞな、もし』刊。専務のまま出版したので印税はなし。新田次郎文学賞を受賞。
一九九四年　六四歳　退社して物書きとして本格的スタートを切る。文春からの刊行物も印税をもらうようになる。
一九九八年　六八歳　『ノモンハンの夏』を刊行、山本七平賞を受賞。
二〇〇四年　七四歳　授業形式の語り下ろしで『昭和史1926-1945』を刊行。
二〇〇六年　七六歳　『昭和史　戦後篇』刊、前後篇で毎日出版文化賞特別賞を受賞。
二〇〇九年　七九歳　やたらに書きまくったので東京新聞「大波小波」で冷やかされる。
二〇一五年　八五歳　当事者に直接取材し「戦争の真実」を追究した、との理由で菊池寛賞受賞。
二〇一六年　八六歳　政治や軍部の動きを〝A面〟とし、それに対する庶民の歴史として昭和戦前を描いた『B面昭和史』刊。
二〇一八年　八八歳　『世界史のなかの昭和史』刊。昭和史三部作を完成。米寿の祝いをするとロクなことはないと祝賀せず。
二〇一九年　八九歳　まだやる気まんまん。

のこす言葉 KOKORO BOOKLET

半藤一利 橋をつくる人

発行日――2019年5月21日 初版第1刷

著者――半藤一利
構成・編――のこす言葉編集部
発行者――下中美都
発行所――株式会社平凡社
〒101-0051 東京都千代田区神田神保町3-29
電話03-3230-6583〔編集〕
03-3230-6573〔営業〕
振替00180-0-29639
印刷・製本――シナノ書籍印刷株式会社
装幀――重実生哉

ISBN978-4-582-74118-6
NDC分類番号914.6 B6変型判（17.6cm） 総ページ112
平凡社ホームページ http://www.heibonsha.co.jp/